U0118877

唐军——

著

书是人间有情物

江苏大学出版社
JIANGSU UNIVERSITY PRESS
镇 江

图书在版编目(CIP)数据

书是人间有情物 / 唐军著. —— 镇江：江苏大学出版社，2023.8

ISBN 978-7-5684-1926-0

Ⅰ. ①书… Ⅱ. ①唐… Ⅲ. ①散文集－中国－当代 Ⅳ. ①I267

中国国家版本馆 CIP 数据核字(2023)第 158847 号

书是人间有情物

Shu Shi Renjian Youqing Wu

著　　者/	唐　军
责任编辑/	吴春娥
出版发行/	江苏大学出版社
地　　址/	江苏省镇江市京口区学府路 301 号(邮编：212013)
电　　话/	0511-84446464(传真)
网　　址/	http：//press. ujs. edu. cn
排　　版/	镇江市江东印刷有限责任公司
印　　刷/	扬州皓宇图文印刷有限公司
开　　本/	710 mm×1 000 mm　1/16
印　　张/	13.25
字　　数/	230 千字
版　　次/	2023 年 8 月第 1 版
印　　次/	2023 年 8 月第 1 次印刷
书　　号/	ISBN 978-7-5684-1926-0
定　　价/	58.00 元

如有印装质量问题请与本社营销部联系(电话：0511-84440882)

自　序

钱文忠说，你拼命想做好一件事情，你发自内心地想把它做好，但是结果往往一团糟；你有时候倒没想真的去做一件事情，但是突然发现结果很好。《书是人间有情物》摆在眼前，或许就是一个例证。

2020年上半年，我的第二本散文集《一句一曲那么美》出版之后，我长长地舒了一口气，倒不是紧赶慢赶让我感觉到累，而是自己能够放慢写作的脚步，暂且没有了再写一本书的紧迫感。

对于写作，我是热爱的，也是散漫的。热爱给了我方向，散漫则给了我偶尔偷懒的理由。光阴不是用来浪费的，好在我深知这一点，内心的自律成全了我。当然，还有爱人在一旁的鼓励、敲打，让我一直走在写作的路上。

收录在此书中的文字，大都写于多年来奔忙的途中，有工作的途中、旅行的途中，还有思考的途中。以上种种，是为我的有情物。在人生的某个章节，我总是忍不住记下它们，算是彻底坐实了自己的命运。唯有写作，既是困顿时的正信，也是清醒时的领悟。

三年时间，我以写作度日，或长或短，未曾料到，竟已积百篇之量。有的成了清晨的欢歌，有的成了深夜的吟唱，还有的成了山东、湖南高三学子阅读的篇章。我想，既然已经越不过写作的"藩篱"，那便把"牢底坐穿"。我相信，写作不会把我扔下不管。

句容有大美。对于写作者来说，家乡是永远绕不过的话题。我说，句容人真有福啊，佛道相依而护佑，鱼米之乡而食丰。在秦淮源头尝一颗草莓，在赤山湖畔咬一口蟠桃。还有茅山山顶那一弯月亮，像圣贤的教诲，把心头的智慧照亮。

远方有大美。我爱远方，远方已知而未知，这就是她的魅力和深情，我可以乘着一叶小舟而来，我也可以骑着一匹白马而来，而你，总是在那个驿站迎候。此刻，我已模糊了概念，哪是诗，哪是远方，哪又是我今宵的梦乡。

　　心中有大美。心是辽阔的，像草原、像大海、像星空，它可以装下万事万物，也可以化为万事万物。写作之心又是轻盈、灵动的，像清音一样。"蝉噪林愈静，鸟鸣山更幽"，我把观照的一切，映照在纸上，让心变得圣洁起来。

　　这篇简短的文字，写于乡间。此刻，窗外，稻田绵延，稻浪起伏，但是自有劳作者埋首其中，风吹草动绝不能令他们观望。刹那间，我便明白，他们为土地而忙，我为写作而生，写作必将贯穿我的一生。只因为眼前的稻浪，还有稻浪里的辛苦，正是我想要继续膜拜的两座神祇：生活与美好。

　　——是为直白而惶恐的自序。

目　录

故　乡

远方

心上

故乡

有梦到句容

　　一座楠木厅，坐北朝南，面阔五间，厅内立柱有青石覆盆柱础，栏顶作卷刹，正中明间脊檩左右下侧装饰有三角形的简单木雕，其外缘置叉手，梁作月梁状，立梁略有琴面，梁底沿边刻双线。斗拱外檐二攒一斗三升，内部梁枋间出单拱与重拱，不出挑，内外斗拱坐斗均刻花瓣状，有方有圆。最引人注目的乃是建造的材料——楠木，故该厅冠名以"楠木厅"。

　　在这里，还有一种特殊的艺术表演——镗舞。"镗"形如长矛枪，是句容市后白镇张姓先祖开创的、由农具演变而来的一种多刃兵器。镗舞最初以镗演练为核心，之后演变成每年正月十五的祭祖仪式。经由汉代良将张良完善，加以布阵，成为张家镗舞。镗舞表演少则七八人，多则二十人，出阵后，有"八卦阵""四门阵""长蛇阵""梅花阵"，表演者手舞铁镗，抛耍转接，镗头铁片，当当作响，气势颇为壮观。

　　阔大的厅堂楼阁回荡着镗声，轻重缓急、铿锵有力、沉郁顿挫，年复一年，仿佛包浆柔软了它们的表情。一代代勤劳朴实的句容人在它们面前川流来去，身影彼此叠映，和厅堂外随日月流转的光影、舞台上幻进幻出的人物与声色，构成一个巨大的梦境。

　　壬寅年小暑日，盛夏的雨水冲刷着句容。我们穿过小城，来到一个叫作芦江的小村庄，一场精彩的民间绝技张家镗舞正在热闹上演。只见头戴红巾，身着白衣、红裤的村民，时而将五尺凤翅镗抛向高空，时而将镗由后背滑到掌心，招式多样，令人叹为观止。舞台周围多是老人，顶着满头银丝，也有几岁孩童盯着大人的动作，开心地模仿着，还有抱在怀里的婴儿，睁大眼睛四处张望，手指在口中含着。这"非遗"的种子，是否会在他们的身体里种下？

穿越千年的张家镗舞，最初的寓意是国泰民安、风调雨顺。坐在最前排的一张条凳上的三位老人，神情愉悦，微微上扬的嘴角仿佛在表达他们对美好生活的憧憬。

看起来，老人们的生活算得上安适，衣服干净整洁，随意挽起的裤脚，露出一双大凉鞋，脸上落满岁月粗糙率性的刻痕。最右边的老妪身后，几位穿白色背心、身材瘦弱的老汉，双手都布满厚厚的茧子，显然，昔日生活的艰辛没有饶过他们。但是他们是有福的，这一刻他们聚拢在此，在一个盛大梦境里，活力四射的镗舞，抚慰着他们的耳朵、眼睛，乃至心魂……

我也在梦境的边缘，转圜。

我站在楠木厅的外围，由数百人构成的观舞阵容散溢着浓浓的烟火气息，人们或倚或靠，或佝偻着腰背，或端直了身子，走廊下搁着样式各异的湿漉漉的雨伞，旁边还有各种塑料袋、颜色鲜艳的纸袋……它们和主人一样，散发着自然不拘的气息。

这一幕是日常。

生活是日常，艺术是日常。只不过，前者是现实，后者是祈盼。句容人早已习惯了将两种日常无隙无碍地糅和在一起，不分彼此。

在句容，祈盼由来已久。这片厚土以青山秀水滋养了神奇的茅山道教音乐。她是历史悠久、源远流长的传统宗教音乐。东晋时，第一代宗师魏华曾于茅山亲授道经《上清经》。第七代宗师陆修静又撰写了大量的茅山道教音乐曲牌，其弟子上清派第九代宗师陶弘景在茅山潜心研究四十余年，在继承前人道法的基础上总结发展，奠定和确立了茅山派道教科仪及道教音乐。隋唐时，茅山道教音乐因得到了皇室所敬重的茅山道士王远知、潘师正、司马承祯等宗师的竭力推崇而名声大振，到宋元两代又备受宫廷宠爱。当今的茅山道教音乐既保持了唐宋时期的茅山道教音乐风韵，又极具地方音乐的特点，吸收了宫廷音乐与全真派正一派音乐的精华，形成了特有的道教音乐。

如果说张家镗舞是以力量取胜，那么茅山道教音乐则是以悠扬为美，她的器乐有曲笛、笙、箫、二胡、中胡、皮鼓、锣、钹、木鱼、阮、扬琴、琵琶。流传在茅山周边地区的江南民歌、地方戏曲为她注入了活力，在音调和行腔上具有江南音乐典雅飘逸、清新明快的风格。

聆听一曲《洒净咒》，你甚至能见到江南民歌《茉莉花》的身影。

2017 年首届茅山道教文化音乐节上，乐团表演的"非遗"曲目《卫灵咒》《茅山颂》《道情》，让观众感受到了道教音乐"大音希声"的魅力。一位外国游人激动地说："最美的音乐不仅要用耳朵去听，更要用心灵去感悟。"

在茅山道教音乐的梦境里，句容人是真正的聆听者，他们相信经由一曲《茅山颂》，神灵会来到身边，倾听他们对来年风雨调和、平安顺遂的祈愿，并给予庇护。他们也相信，一番祈盼之后定能修道积德、消灾延寿。

乐中自有痴绝处，梦中自有痴绝人。因信而敬畏、因敬畏而虔诚的句容人，自舞乐始，便以忠诚、严谨的态度将张家镋舞、茅山道教音乐代代相传，灯灯相续，越千年，终让一个素朴的梦境散发出熠熠光华。张家镋舞在力量中呈现礼制、传统社会结构，埋藏有自历史深处延伸而来的线索；名列国家级非物质文化遗产的茅山道教音乐，这些年也走出了国门，让日本人、新加坡人等为之震撼、痴迷。

一生痴绝处，有梦到句容。在句容，这个充满旋律的地方，梦是日常，也是逾越；梦是虚空，也是满盈；梦是远行，也是抵达。如同在旋律之中潜隐有联通现实的通道，梦境中也潜隐有秘密的通道。溯流而上，我们可以接通远古；顺流而下，我们可以抵达内心。

向阳句曲

向日朱光动，迎风翠羽新。

——唐·杨嗣复《仪凤》

几十年如一日，常常比喻几十年就像第一天一样，安心又执着。我就是这样几十年如一日地生活在这座江南的小城，既感觉光阴如水，又仿佛时光守恒，于日升日落间做了一个梦。

句容因句曲山而得名，在我的眼里，这座城市的故事像一部小说或者一则童话，我就生活在其中。故事没有标题，不知作者，在斑驳的光影里，具体的情节时而模糊，时而清晰。我从二维平面跃入三维空间，细节陡然疯长，曲线如同兽脊起伏。

我对于县城最初的认知，来自一种小疾。

这是一种被称为湿疹的疾病。我不明白它为何单单偏爱我，依附在我身上。如果把童年抽丝剥茧，那么我的童年便是一部"湿疹斗争史"。

父亲带我去乡里的卫生院医治过，也去找本地几位德高望重的老人讨过偏方，西药吃完了喝中药，中药喝完了换西药，偏方存了一沓，湿疹在我的小腿上依然时隐时现。不知道父亲从哪里得来消息，说县医院有一个老医生治这个病很拿手，他决定带我去试试。那是个冬天，去的前一天夜里下了一场大雪。雪覆盖了去县城的路，但没能覆盖父亲心里的路。路上，父亲骑着"永久"牌自行车，我坐在车子后座上，紧贴着他的后背。

县城，县城，我朝思暮想的地方。我们玩的玻璃球来自那里，我们吃的糖果来自那里，我心心念念的解放鞋来自那里。从我记事起，我就给自己定下了去县城的人生目标。但是我对县城的向往是缓慢的，是一步步向前的。为此，我甚至给自己定下了接近县城的几个小目标：先从村里的小学毕业，再去乡里的中学，最后通过努力考上县城的高中。真没有想到，现在湿疹充当了去县城的"车票"。

一程一程，父亲的自行车进了城，这是一个阡陌之地，除了小巷，就是胡同，临街的铺面矮而小、旧而简，"百货大楼""新华书店""五金商店""渔具店""副食品商店"，一个挨着一个。这趟县城之行，除了让我开眼之外，医生所开的五块钱药膏也彻底治愈了我的湿疹。父亲很高兴，他说什么病都怵县城里的医生。

那一天，父亲给我买了一串糖葫芦，从县城到村里，我用手紧紧地攥着，攥了一路，就像把整个县城带回了家。那年冬天，我和县城因小恙的牵线带来的缘分也告一段落，我竟有点失落。

又过了十年，我如愿到了县城读书。凭着儿时的记忆，我特意去寻访了县医院，和十年前相比，这里的环境简直是翻天覆地，楼变高了，院变阔了，这里的医生也变得年轻了。城区似乎变大了，小巷和胡同像被橡皮擦擦了一样，没有了任何痕迹。医院的周边有了更多的建筑物，附近有了漂亮的校舍、气派的商场、悦目的广场。孩子们背着书包从我身边经过，我想，他们肯定没法体会一个农村孩子初到这里时内心的欢悦。

前几天在家里收拾影集，无意间看到几张旧照片，背景就是这座小城二十年前的模样。孤独的公安大楼、建委大楼悄然而起，在建的邮电大厦正在拆除脚手架，还有周边零零星星的荒地或菜地。照片上，几乎所有的人、所有的眼睛都朝着一个方向凝望，像凝望一个灿烂的前程。

我所住的小区，现在看来仍然算是新区，当初搬来时的不便历历在目。四周没有商业街，没有菜场，没有餐馆，甚至连超市都没有。好处也与此相关，不喧闹，不拥挤，散步无须与人擦肩，出门就能与水泥地边撒着欢儿活命的野草、野花迎面相逢。

我每天晚上必定会下楼散步，时间并不固定。那时，街道是安静的，草木的气息隐隐浮动，我沿着干净平整的小路慢慢地走，间或亮着的几盏路灯也都昏黄朦胧，这样安宁散淡的晚间，足以慰藉白日里所有的郁闷。有时候，我会停下来，坐在惯常经过的一处石椅上，后面是一堵高大斑驳的墙体，密密麻麻的爬山虎成为墙体再绝妙不过的装饰。石椅周边树木掩映，环绕着一棵夜来香、三棵桂花树，夜来香幽幽地散发着清香，一直开到深秋，待她谢去，桂花恰到好处地吐露芬芳。当然，这里还有一些笔挺简约的木瓜树，伸展至半空中，这使得我坐在石椅上微微抬头时所见皆是清朗。我静止不动地坐着，如一丛高出的野草。直到后来，脚下一串虫子或几只青蛙察觉到人气，飞速地蹦出，跳到我的脚边、眼前，我才起身继续向前走。

不知从什么时候开始，在愈加深浓的夜色中，远处、近处的建筑、树木模棱两可起来。再后来，那条常坐的石椅不见了，邻居跟我说："小区附近的车多了，不太安全，你可以办一张校园卡，去对面新建的学校操场走一走。"于是，我散步的地点移到了这所现代化的学校，塑胶跑道给我的脚感胜过水泥地好多倍。好事也会传千里，夜幕降临，越来越多的人加入校园操场竞走的行列，我是个不太喜欢热闹的人，于是就想着转移"战场"。同事跟我说："文化艺术中心建好了，周边地势开阔，咱们可以去那里散步。"真如同事所言，这里有着浓浓的人文气息，我可以在这里安静地散步。我甚至想学苏东坡，在夜半行走和思考，"庭下如积水空明，积水清澈，水中藻、荇交横，盖竹柏影也"，只有在如此具有人文气息之地，才能孕育出惊艳的作品。然而好景不长，文化艺术中心成了广场舞的中心，我又开始撤退了。

葛仙湖公园改造一新，抱负台、百草园、丝路花带、水上森林、揽秀广场，这些对于我来说，恍在仙境一般。我知道美景不可一人赏，我不排斥众多的游园人，我与认识或不认识的人，一起行走在句容的"网红地"。之所以叫它"网红地"，是因为这里真的出了很多"网红"，我惧怕这样的场景，担心自己哪天不小心成了"网红"的背景，又悄悄地撤退了。后来，我经常思考一个问题："怎么刚发现一个好去处，就有那么多人跟随呢！"现在想来，城市的规模越来越大，人口越来越多，地标也越来越美。我能往哪里逃呢？就像孙悟空，怎能逃得出如来佛祖的掌心？

都说夫妻二人天天在一起，就很难发现彼此容貌细微的变化。在我看来，这不是理由，而是借口，只能说明爱得不够深。几十年来，我置身句容，小城一点一滴的美好过往都记录在我的相机和日记里。这几年，我常接触外地回来的同学，他们一接近小城，就发出感叹，"一年多没回来，句容的楼又长高了""我们这是到了南京的近郊，还是苏州的边缘啊""地铁时代，这是成都当年的模样"……几乎所有一线城市的名字都被数了一遍。

句容城市的新形象，彻底颠覆了他们对县城固有的印象。

上个月，我接待了来自上海的两位客人，车行至市区，小城的流光溢彩令其不时发出一声声惊叹。我笑问："阿姨，您还记得是哪一年来的句容吗？""还是你叔叔当年设计句容汽车客运站时来过，三十多年了吧！""那可年代久远了啊！"我缓缓一脚刹车，红灯。"啊！句容现在也有红绿灯了！"阿姨的脑海里显然还是三十多年前句容县城的模样。午餐后，阿姨颇为感慨，她说："今天，第一次来句容时的场景在我的脑海重现，这里的变化真可谓沧海桑田，令人惊艳。可以说，今天的句容是曾经的上海，明天的上海是未来的句容！"在场的，有好几位建设句容的老人，他们是句容第一批建设者、开拓者和见证者，听了这番话，都激动得鼓起掌来。

夜里，开车穿过市区，穿行于高速，往上海方向赶，电台不知道怎么了，一直播放老歌，主持人或许是困了，每一首歌之间也不愿意串一串词，一首接着一首，河水一样流淌……最后一首是《每一次》。解小东唱："每一个发现都出乎意料，每一个足迹都令人骄傲，每一次微笑都是新感觉……"那一刻，我忽然懂了，于心底激荡了又激荡……

一段旋律，经历三十年的风霜，方可懂得。

镇江之美

　　我看过吴冠中画的一幅《高粱》。画面上，秋风吹来，熟透的高粱展示着孔雀开屏般的造型，构图有曲线的流动感，高粱穗子饱满、茎秆粗壮，缀满红宝石般的穗子，呈现出成熟的骄傲。在这样的一幅画作面前，人们所体会到的是一种质朴雄浑的美。

　　从春到秋，高粱呈现出明朗的喜悦。有着三千年峥嵘岁月的镇江，犹如一只奔跑的灵麂，在广阔的天地间，在繁华的沪宁线上，跃出了属于自己的一方天地。她走过沧桑，实现了蝶变，亦显现出生机勃发的活力，见速度、闻气魄、观风景，实在有一种不可言说的震撼。

　　在我看来，镇江之美始于文。如果说"三山"是龙脉所在，那么西津渡就是文脉之源。西津渡位于镇江城西的云台山麓，地处长江与京杭大运河的交汇处，自三国以来，一直是兵家必争之地。走近她，宛若走入了一幅古朴素雅的山水画。青石板路面在脚下蜿蜒延伸，砖石中间留下的深深车辙印，诉说着前朝旅人的忙碌，也印证着这里的历史和变迁。街道两旁，青砖黛瓦、翘角飞檐、雕梁画栋，明清建筑鳞次栉比，透溢着浓郁的古风神韵，让人生发思古之幽情。

　　尽管古渡不再，古街换貌，但西津渡活化石般的古代风貌得以完整保存，其所承载的历史与厚重的文化，更加熠熠生辉。如今，西津渡历史文化街区是镇江文物古迹保存最多、最集中、最完好的地区，也是镇江历史文化名城的文脉所在。

　　古栈道上、古渡口边，深厚的历史堆积层，已经被厚厚的玻璃罩精心地保护起来。全国仅存的元代过街石塔——昭关石塔，世界第一个水上救生组织展馆——救生会，佛教道教相邻并济的宗教文化展馆——观音洞、铁柱宫，全国文保单位——小码头街历史风貌建筑组群……古街上众多的历史文化景点，仿佛是一座天然历史博物馆，处处是文化，满眼皆历史。这些景点告诉我们，这里曾经是灿烂文明的所在，当然，它们也于无声中嘱咐我们，未来可期，尚需百倍努力。

文化是一个城市的根基，精神是一个城市的灵魂。回看历史，镇江有着奔跑基因血脉的精神和传承。"一水横陈，连岗三面，做出争雄势"，历史上的镇江始终奋力奔跑。东吴争雄创业地，六朝名城是京口，千年漕运兴镇江，最终奔跑出一座江南名城。

奔跑的镇江，知道自己缺少什么，也知道自己需要什么。曾几何时，镇江的产业结构偏低偏重，于是乎，高端特色产业成了转型发展的战略选择。今天，航空航天、集成电路封装测试产业从无到有；高端装备制造、新材料产业实现千亿级跨越；国家级高新技术企业突破六百家，高新技术产业产值占比连续四年排名江苏省第一。这是镇江人的夙愿，也是镇江人的目标。

历史的车轮进入了新时代，镇江又有了新定位——创新创业福地、山水花园名城，新定位相较于过去"山水花园城市"的蓝图，既一脉相承又与时俱进。立足山水城林的资源禀赋，将休闲元素与自然山水有机结合，打造出北部滨水区，将"三山"串珠成链，让历史文化与自然山水相得益彰；两大片区和"一湖九河"形成新的生态系统，环境好、水质好成了新常态；建成总面积二百三十平方公里的生态新城，成为全国首批生态文明先行区……

奔跑的"镇江模式"走上了国际舞台，实现了"风景比画美"，彰显了空间形态之美、自然生态之美、城乡宜居之美、文明和谐之美，她美得有形态、有韵味、有温度、有质感，成为"镇江很有前途"最直接最感观的展现。

从千年古城的风华到现代城市的气质，无论是芙蓉楼的文化流光，还是白娘子的不朽传奇，一山一水，一物一景，她们安安静静地传颂着不加雕饰、晶莹剔透的故事。镇江之美、镇江之声，正在让全世界看见、听见。

空青寺寻茶

古人修禅，入禅堂前先劳作三年，或挑水，或舂米，或劈柴，或种菜，早晚课修习，三年后才有资格进入禅堂参禅听经。我想，除了劳作之外，一定还有一门功课——种茶。据说，中唐时期茶风禅风并行，有"寺必有茶，僧必饮茶"的茶禅风尚。赵州从谂禅师住持观音禅院时，以一句"吃茶去"接引四方学僧，从此茶禅之风弥布丛林。

空青寺的山道旁是在什么时候植上茶树的，确切的时间我也无法说清楚，因为它们都是"野茶"，只接受天地的滋养，没有人工的呵护。"野"这个字，在我看来多少有点荒凉的味道。第一次听说"野茶"时，心里竟然有点悲凉。现在看来，是我错了，于天地之间无拘地生长是多么大的福报啊。

近些年，春天看景的地方太多了：大卓的桃花、天王的樱花、春城的牡丹花，我的几位朋友去年还去看过白兔的花海。做高兴的事情，见喜欢的人，在我看来就是人生的幸福。

想起空青寺的茶，其实与空青寺本身无关。空青寺早在历史中老去，新中国成立后，南京林业大学在那里设了一个实习基地，在原来的古迹遗址上建了一些"新"建筑。每次攀爬空青山，我在空寂中会想到另一种空寂，它或许隐藏在茶中，或许也潜隐在别的事物中，我无法说清楚，只是隐隐地有了感觉。

"茶"这个字我特别喜欢，它有草有木。人因草木而丰盈，草木因人而葳蕤。青色中，我陪着一株茶树看山，或者是陪着山看茶树。淡淡的茶叶清香提醒我，它才是山中的主角。那一刻，我觉得自己正在被一棵茶树偷窥，但一点不妨碍我继续敞开胸怀。

我喜欢那些被时间和日常表象湮没的事物。它们被潜藏在一些事物的背后，就像河流中的鱼类和被其他植物所遮蔽的植物。人们看不见它们的存在，但它们依然有始有终地出现。空青寺的茶便是我时间之网上的纽节，由此，我有了属于自己的情感定向。

　　前几日，我去一位爱茶的朋友家中做客，他热情地为我沏上一杯空青寺的茶。这茶香是初次相识，有茶的甘甜，更有花的气息，茶汤滋味很奇妙，一盏入口，舌面甘滑，令人欣喜无比。有了这样美好的品茶经历，我就更愿意去空青寺了。心有草木，每一步都是曼妙的旅行，每一步也都在慢慢走出一段草木人生。选择去山间清修，必然带着一颗芬芳的心。我看见蜜蜂不会为花蜜而争吵怨怼，也得见蝴蝶不会因花香而彼此争执。选择了在寺旁生长，便是选择了无争之境。风并不催你上进，也不拖着你沉沦，只要阳光轻盈地吹，万物皆祥和。

　　现在，对于空青寺的茶，我拥有两种不同的经历：一种是在现实中，另一种是在文字里。通过两条道路，我可以看见空青寺的茶，用两种方式与它接近。这些也是我有了文字生活之后感受到的真实快乐。

　　每年春天必定会有倒春寒，每年春天，我也必定去寻空青寺的茶。山阴石罅间的积雪还没有完全消融，溪涧里的流渐也还没有彻底解冻，冲寒破土的草叶树芽蜷缩着头尖，瑟缩着手足，似乎也在畏惧一场不期而遇的倒春寒。这大概就是大自然的法则吧，如同黎明前的黑暗，让人警觉。然而就像光明必定会击溃黑暗一样，春天也一定会到来，冰雪消融，大地回春，又是一片欣欣向荣的景象。

　　关于空青寺的茶，究竟什么才是它的尽头，我带着疑问。可以肯定的是：随着四季的交替，我闻到了"野茶"不为人知的清香。

在窑业

虽然，资深茶农吕利民与我年龄相差二十多岁，但这不妨碍我们成为朋友。因为茶的缘故，我和其成为忘年交。来到他的茶园、茶厅和制茶车间，耳朵里都是他念的"茶经"，这里是茶叶王国。在茶田里，老吕拈起一叶茶给我做示范："喏，手心朝上。这个手法叫作'阳手'，也叫提手采。"拇指和食指轻捏芽头，稍用力提，精致的芽头便采摘下来了。

在句容这片茶乡里，无论老幼，几乎无人不会采茶。我小时候就曾和小伙伴们成群结队去茶园采茶，不少孩子童年时就把茶园当乐园，从小跟着父母采茶。茶园也有一些外地来的专业采茶工，他们像候鸟，一到茶叶飘香的季节，就来到窑业茶场，成为吕利民的"贵人"。他们采了一辈子茶，手掌与茶建立了磁场，大概不用看，便能感应到什么是值得下手的。与其说采茶是一项技术活，不如说是一种心的历练，历练的是采茶者的耐力和坚毅。吕利民说自己是茶场的所有者，采茶工是茶叶的呵护人，如果没有他们的及时到来，再好的茶叶都是孤儿。

"不能换作机器来采茶吗？"我问老吕。据说，一台双人台式采茶机每天的采茶量相当于四五十名熟练采茶工采茶的总数。在一天一个价的初春，春茶就是"皇帝的女儿不愁嫁"，定价主动权在卖方。

当然不能。老吕回答得斩钉截铁，像是在捍卫茶叶的尊严。

一叶一芽只能人工采摘，精确的手势保证了茶叶外观无损、匀净，机采易折断枝条或老嫩齐捋，这样采下的茶叶等级不分，不利于筛选精品茶。

"观其形"向来是中国人喝茶的重要部分。茶不仅是用来喝的，还是用来赏的。细嫩的茶芽在水杯中绽放，那是春天的气息，聚集天地日月精华，是人间的无上甘露。那飘逸的身姿，说赛过窈窕淑女也不为过，君不见多少人为一杯绿茶而陶醉。

此刻，在武岐山山麓的窑业，我捧着一杯"雨花"茶，仔细端看。绿芽如剑，一粒粒伫立在碧绿的水中，载浮载沉，一叶一叶在杯中起舞弄姿。啜一口，清气缭绕。三四泡之后，茶色渐淡，入口仍有余香。

这阵子，身烦，心也乱。老吕说，山里的空气好，去洗洗肺，当然还要喝上几杯绿茶。其实在我看来，喝茶，看似洗肺，其实是在洗心，它有涤荡尘世的功效。

一杯茶在手，心气果然感受到平静。时空的转换，确能让人心随境转。到老吕的茶园，时值初夏，茶园清静。登上山顶最高处，我看见一只鸟儿从更高处的云端飞过，阳光暖热。我站在亭边，思忖着窑业茶的奥妙，据说，茶好不好与地势、气候、土壤都有关。像窑业这样雨水多、山林多的地方想不出好茶也难，最关键的，这里还有一个"刘基种茶"的传说。武岐山海拔高，雾气缭绕，且有最具特质的下蜀黄土供养，这些正是为好茶生长准备的。

自古以来，文人都爱茶、爱喝茶和写茶，我是从何时开始喝茶的，还真说不清了。我不知道喝茶这事有没有遗传之说。从祖父到父亲，都是一生喝茶。祖父是乡间的工匠，每回出门干活，都会带上一只硕大的、剥落了瓷的茶缸。现在，在乡下我也经常能看到赶早的工人，脑海中顿时浮现出祖父大清早披衣出门的身影。老吕说，越是入夏深，茶叶品质越趋不佳。只做精品茶的老吕不采秋冬茶，因叶芽变粗，茶叶已老。不过因其价格便宜，也有不少人采，作为口粮茶。祖父和父亲大概就是爱喝粗些的茶，因其味酽耐泡，粗茶淡饭才是最好的滋养。

"喝茶之后，再去继续修各人的胜业。"这话不错。祖父喝完茶，就要去起房造屋；父亲喝完茶，就要去田地里挣工分；而我喝完茶，就要去摆弄各种文字。茶是闲情的化身，一点苦涩，几缕回甘，正是断不可少的人生片刻。"只要茶汤不凉，我愿意终日面对。"生活不仅要有雅意，还要有志向。《论语》说："志于道，据于德，依于仁，游于艺。"就是说要以追求至道为人生目标，然后据德依仁，徜徉于艺能之中，随缘度日，任意逍遥。

午后，我一个人去依山而建的茶园走走，沿斜坡而开设的梯状茶林，远望如一幅秀美图画：一行行梯田状的青翠，依山环雾，如民间传说中神仙驾云出没的地方。茶林前涌起玉带状的雾气，眺望升起的雾，对茶突然有了别样的理解。曾经，茶是一缕意念，一个符号，一种被茶叶作用过的风雅液体，因品级而价格悬殊——这些，都只是茶的一部分。

茶使每一杯水都有了曲折，有了层次，生活原本平淡，由茶制造出些许高雅。杯茶在手，就是人们说的"小确幸"吧，它在时光里添了点使之慢下来、得以安抚的物质。

"一壶得真趣"，人们喜欢赋予茶高山流水的诗意，甚或高蹈的禅机。它总是与精舍云林、幽人名士联系在一起，但对另一些人，如我的祖父、父亲和我来说，茶这种古老的双叶植物提供的是解乏止渴之效，"茶为食物，无异米盐"。茶不仅入得雅室，也广布田间，饮者从中获得同样的满足。

想想，傍晚时分，落日熔金，暮色四合，行走在武岐山的山巅，吹拂着山风，感受茶的浩大之处：茶不仅有水样的轻盈与清澈，还有着大山一样的宽厚与温情。

在湖边

什么叫作热爱生活？乐山、乐水，还是乐在其中？对于我来说，是每个周末，选择一个清晨，去绕湖行走。那个时候，身边会有慢跑者，但我不跑，我是觉得跑步流于形式，也会止于身体，而散步于湖边，才是乐水的好境界，可以和湖产生某种默契。

一个人和一片湖的对话，其实很朴素，也很简单。就像鱼在湖里游，就像水草在湖心摇曳。一湖一世界，它丰盈了我的心。这是独特的存在主义，我好像瞬间明白了徐悲鸿和他的骏马、汪国真和他的背影。关键就是那柔波，一瞬间，人和水就建立了联系，而且是深刻的恒定的物我相合的联系。

这湖的名字就很特别——赤山湖，有山有水，刚柔相济，阴阳和合。我想这里终年春秋交替，冬夏不生，它是和谐的湖，也是自然的。

湖不迎露，我却迎来了寒露，万物肃然迎霜。湖面以极其个人化的方式，和白鹭，和池鹭，和苍鹭，和我一起，将霜迹承接。李树站在远处，高摇环佩，美人金鸡菊，则轻荡双桨。

我越来越有一种感受：唐诗主骨，宋词主心。这种纸上的阅读体验，也很契合金陵之郊的赤山湖——早晨的赤山湖，主骨；黄昏的赤山湖，主心。霜降之后，湖越来越疏朗。繁而成简，湖里湖外的事物，渐渐显出本貌，就好像是梁朝人的追求。从梁朝发展到当代，一路上山水叠加，有一个人站在湖边，那个人是陶弘景，那种"反无形于寂寞，长超忽乎尘埃"的境界，其实是时代假人以现出抱负。这就是早晨的赤山湖，经过夜色的浸染，经过霜雪的重覆，湖筋骨抖，枯荷之茎直面初阳。而这个时节，我更喜欢在黄昏走近它。此刻，湖水，以及湖水之外的事物，慢慢卸下物欲的激荡，慢慢放下白天的慌张。湖水柔软，是冰凉的柔软，所有的冰凉都指向内心，风头䴙䴘和湖水合一，这是梁朝的写意。

雨停风歇，我想看看她雨后的模样。岸边的水杉神形兼备，道旁的银杏树倾吐着三百载沧桑。站在它们身旁，人会有难以言传的满足感。

虞美人的花朵瑟缩着，水中的睡莲也是，有一些即将打开的莲花遭遇突变。湖水也是，那一圈一圈的涟漪，僵硬地向外扩张。偌大的湖面，引我注目的仍然是风头䴙䴘。十几只风头䴙䴘像逡巡的士兵，一阵凉风吹过，突然有一种边塞之感，那十几只风头䴙䴘就是戍边的士兵，那绕渚而行的黑天鹅，就是上马杀敌的将军。

湖边粉色的蓼花，丝毫不介意气温的骤降，坚定地绵延数公里。"不放残年却到家，衔杯懒更问生涯。河堤往往人相送，一曲晴川隔蓼花。"送别的人，总会想到蓼花，唐朝的司空图经历了晚唐黄巢冲击的乱局，依然心向故乡。这种水边低矮的草木，却给予人向上的力量。

鸢尾花也是。我常常疑惑，亦是不满——如此美丽的植物，名字怎么会这样俗气？每一次看到它，我都会叹息这个名字配不上它。不如就命名为"蓝蝴蝶"吧，得形得神，"穿花蛱蝶深深见，点水蜻蜓款款飞"，这样的美，悦万千目遇之人。

风有些凉，凉中见爽。湖面幽微，有不能辨别的鸟儿在湖面上练习飞翔，湖水中的鸟影是模糊的。唐朝的温庭筠见过微风入凉，他在《南湖》中写道："湖上微风入槛凉，翻翻菱荇满回塘。野船著岸偎春草，水鸟带波飞夕阳。"同样，今天的我站在丹田花海，看到了"芦叶有声疑雾雨，浪花无际似潇湘"。文人心相近，温庭筠与我只隔着一个晚唐的距离。

赤山只隔数重山，两山排闼送青来。我站在湖边，抬眼可望赤山，赤山，就是过去的丹山。它还是千年前的样子吗？脚下的湖水，恐怕早已淘尽岁月的细沙。半个月前，我断断续续读完了《杨绛传》，先生说："我和谁都不争，和谁争我都不屑。"这有点像赤山湖的人格魅力：春风，抚平每一颗心；湖水，也同样被抚平。

春天应该快回来了，湖边的万物都在谋划。

茅山寻月

月在哪儿？在天上，在水里，在梦中。

茅山的月或许是最为特别的，她悬于茅山山顶，始终以温柔的眼神俯视着山川，她的余光映照着三茅峰、喜客泉、华阳洞，为道教上清派的发源地披上一层神秘的月光。

小时候我经常随母亲去探望在常州工作的父亲，中途需在茅山转一次车，在我的印象里，这里虽然只是一个中转站，却是一个极为繁华的小镇。清风古韵的老街，房舍鳞次栉比，多为两层，上为楼阁，下为店面。商铺相连，货物齐备，人来车往，人气极为兴旺。孩提时候，我极好玩耍，对那些五颜六色的灯笼、竹哨、旋转起来黄牛一样哞叫的地葫芦等玩物，以及装在一面嵌着玻璃的洋铁箱里的花生米、芝麻切糖、油酥麻花、杠子糖都很感兴趣。再就是觉得小镇上飘来的气味很是好闻，大抵是从茶馆里溢出的茶香，从饭店里飘出的酒香和卤猪肉的香味，以及某个胭脂花粉店里散出的香气。街道不宽，却很长，中间横铺着整齐的麻条石，两侧竖铺着的也是麻条石。偶尔有穿木屐的道士从街心走过，极有李白笔下"脚著谢公屐"的味道。

有一回，大概是赶路晚了，父亲便带着我在镇上的一家客栈投宿。我们住在楼上的一个房间，四周是薄薄的板壁，靠外沿有一扇很小的木窗。亮的则是昏黄的灯。我偶然在那小窗里看见一弯月，一弯奶黄色的上弦月，便喊出声来："山顶上的月亮真美啊！"父亲忽然想起什么似的，立即拉着我下楼，说："走，带你去看看山里的月亮。"

我们沿着一条宽阔的山道，走过古朴的牌坊，走进淡淡的浅山，很快小镇的轮廓便消失在夜色中。忽然间，我的眼前一亮，只见一轮明月倒映在一汪泉水中。秋水夜天，水深而静，泉呈宝石蓝的颜色。父亲说这就是传说中喜客泉的秋月。"喜客泉"算是家乡的圣地，语文老师就曾多次说过她的不同凡响，蕴含天地灵气、道家仙气，有令人称奇道绝的"三怪"。此刻，我小小年纪，心里想的倒不是"三怪"，而是当下的景：天上月、水中月，还有宝石蓝般深而静的泉。

我看得竟有些发呆，喜客泉之月就这样嵌进我的少年时代，深深的，再也淡忘不了。我一直感谢当年那个秋夜的月光、那一次神启一般的邂逅。

那时候，我当然不知道茅山的历史乃至更加久远的繁华。茅山是古镇，史载汉时陕西咸阳茅氏三兄弟在句曲山下修道行善。晋时茅山人葛洪修炼于茅山抱朴峰，著成《抱朴子》。后来，十多年以后的一个秋夜，我又一次来到茅山，是刻意来的，寻少年时那轮弯月，当然也是来寻渐渐隐入历史帷幕之中的那些先贤，以及犹闻其身的吟咏。还是那家客店，只是招牌烫了金，店面更气派了，好在窗外的月亮还在。我寻得那湾宝石蓝的泉，竟然和多年前的模样无异，泉水涌动，月亮晃得厉害。远山似乎还是浅浅的影，而我与远山之间，依然是清冷的。月挂中天，依然是旧时模样，月在泉中，却是沧海桑田，难道是天地轮回中磨灭了月的灵性？

一个穿着道袍、走路生风的古人，在泉边踱步，他说："雨歇留蒸湿，明来得翳凉。双嬉鱼欲动，万个竹添长。"我知道他是葛仙翁。又一个身着布衣、仙风道骨的人，他是山中宰相陶弘景，也是在那泉边，似是自言自语："山中何所有，岭上多白云。只可自怡悦，不堪持赠君。"他们在欣赏那秋色，那秋月，他们忘情了，陶醉了。我也是，在这宝石蓝的泉边，但我什么也没说。当然，这些都只是梦，一个浅浅的、超越了时空的梦。那轮月在梦中，在我和古人共同的心中。

一株老柳树在秋夜的风中低唱，有微微发酸的滋味，我便只好回那客栈了。

我再次漫步茅山，又是二十多年以后了。铺街的麻条石已消失无踪，那客店、那联袂的店铺和昔日的古风已不存在。据闻，南沿江线要通往这里，高速铁路代替了西风古道。但是我惊喜地发现，那条曾经携带着无限繁华的"南镇街""望母山"等地名仍顽强地存在着，这些符号还依稀保存着心灵深处的记忆。

在那片松林丛中宝石蓝的喜客泉边，在古人忘情、陶醉和情不自禁吟咏的地方，我相信茅山的月依然散发着迷人的光芒，在春夏秋冬的月色中，人们还争相传诵着千年以来"茅山菩萨照远不照近"的美好信仰。

茅山记

茅山是一座不显赫的山峰。在当下众声喧嚣的旅游胜地里，这座山与诸多名山还保持着某种距离。

不显赫的茅山现在每年都敞开怀抱，接纳寻幽访胜的百万游客；不显赫的茅山正以更为随和的姿态，欢迎来自天南海北用脚步丈量山水的驴友。对于开着房车、背着帐篷的自然主义者来说，茅山散发出了最真诚最友善的光芒。

这种光芒，与一千多前她对那个前来问道的青年诗人表达的态度完全相同。

《神仙记》卷二十记录李白离开四川后，某一日路过溧阳，在浏览北湖亭时对山影起伏的青山产生了兴趣，于是有了第一次的茅山之行，并写下了一首诗《游溧阳北湖亭望瓦屋山怀古赠同旅》，抒发了"与君拂衣去，万里同翱翔"的千古豪情。在茅山的宫观里，李白小住了几日，虽没有等到备受皇家恩宠的司马承祯，却看到了浓雾弥漫的金顶。

茅山的夜是迷人的，适宜恋人依偎，看天高云淡。山高处，似乎夜晚也来得迟一些，傍晚到入夜之初的时段，恋恋不舍的阳光依旧从遥远的地方斜透过云层，将天空照得通透。此时整个世界仿佛都是纯净的，童话般的影像一抬头就可以看到。古人说："不敢高声语，恐惊天上人。"到了这夜晚的高山，其实也用不着高声，喧嚣过尽，我们可以喁喁细语，在透明的时光里缓慢地抒情。

也不是什么声音都没有。即使在海拔三百多米的山上，虫鸣依旧不会缺席。除此之外，享受夜色的人也不甘寂寞。草木芬芳氤氲在夜色中，我忽然想起一本旧书上的说辞。茅山道教源远流长，相传早在距今五千多年前，就有高辛氏时代的人展上公修炼于句曲山伏龙地（今茅山玉晨村）；先秦时，有燕国人郭四朝修炼于玉晨观；秦时，李明真人修炼于古炼丹院（今乾元观）；东晋时期，茅山人葛洪在茅山抱朴峰修炼，并著书立说；据说东晋兴宁年间（363年—365年），魏夫子授弟子杨羲《上清大洞真经》，杨羲在茅山创立了别具江南特色的教派——茅山上清派；南朝齐梁著名道士陶弘景隐居茅山四十余年，为茅山上清派的主要传承者。茅山道教，在中国道教史上享有很高的声望和地位，曾获得"秦汉神仙府，梁唐宰相家"等赞誉。

原来，我在夜色中枕着的这座山岭，就是大名鼎鼎的"第一福地，第八洞天"。想到这些，我兴奋不已，打捞起一段被夜色吞噬的记忆。等到兴奋的心平静下来，远远地又传来几声不知名的鸟叫，给这浓黑的深夜顿时平添了几分神秘。

与所有的灵秀之山相同，茅山远自梁代天监时（502年—519年），著名茅山道士陶弘景曾结庐于此"龙池"之旁修炼。唐代至德年间（756年—758年），茅山道士建火浣宫。

绍圣四年（1097年）始建元符观，九年后建成，徽宗赐额"元符万宁宫"。在这之后，道教的文化和建筑点染了山间的幽谷。

茅山是静默的，三个峰头对着蓝天白云，步行上山的路都在野草掩映之中。如今，山脚到山顶的水泥路已经畅行无阻，山顶千年旧址上重修的庞大建筑已经颇具规模。这一砖一瓦，都来自出家人的奔走。

茅氏三兄弟没有被初来时的野芳侵古道吓跑，他们奔走募资，在这深山里建起一座座建筑，然后日夜守护着，呼吸深山里的空气，早晚与茅山的草木和鸟鸣相依偎。他们放下了外物，做天地静默的契合者，与山间的万物同在，不排斥、不抗拒，也不凌驾其上。支撑他们的，是梦想与恬淡的心境。

或者，我们应该称呼他们为"有信仰的人"。

同样有信仰的，还有另一群人。

他们是一群在最艰难最困苦的时候来到茅山与日军战斗的人，还有一个穿过千山万水，在茅山一带发动乡亲一起参战的人。

这一群人，是新四军的先遣队；这一个人，是陈毅。

今天，我独自行走在茅山盘旋的山道上，面对茫茫深山时，我想到的是，当年三千多人的新四军连续与日寇作战三十余次，是多么艰苦卓绝的七年啊！可以想到一位领导者带着一群战士，在崇山峻岭间战斗，又是一番怎样的景象！但是他们义无反顾，因为他们是有信仰支撑的人。

攀爬到半山腰的时候，我看见新生的草木爆发出蓬勃饱满的热情，仿佛要将群山都带动着挺拔起来，抽节，往上长，或干脆走上几步。空气里泛着隐秘的甜、香，或者，也泛着草木与生俱来的生命欲望。经过两个多小时的山路，这深山里的空气让人不自觉地想到一个词：吐纳。

对，就是吐纳。"到草木间采集灵气/着布衣的人在天地间吐纳/将整个宇宙往丹田里过滤一遍。"这个时候，我想到了"放下"，想到了远离城市生活里的一切不如意。肉身似乎越来越轻，终于从世俗的沉重里缓慢浮起。

有了第一次拜访，很快就有了第二次、第三次。夏天暴雨初歇，小动物在山路边蹿动。秋天枫叶斑斓，熟透的果子在树上星星点点。这些都不够吸引我。真正诱惑我想要到深山里去的，是茅山的云海。春天里，夏天里，秋天里，仿佛只要一下雨，淡淡的水汽慢慢地就升腾起雾来，融会成了茅山特有的云彩，随风缠绕在山顶或山腰，然后缓缓将山间的人和宫观包裹起来，只剩下漫山遍野的树木发出轻微的声响。这样的场景，切合了传说里神仙的居处，这样的静谧，挑逗着浪漫主义者的心思。

到松林间搭一间木屋，在竹林里建一个凉亭，就着青岚，就着早晚的霞光，读几页文字。山间梯田里种着自给自足的稻谷，饮水可以在山溪就地取用。这样的场景，想想就是美的，但想想或许就够了。与当年在山间游击多年的新四军相比，与当年立下宏愿修建宫观的道人们相比，我还是缺少了精神的高度和硬度。前面说过，山间的蝴蝶很美，山居的晨风很温柔，而山间的豺狼也很壮，山居的夜雨也很猛烈。

戴庄那一片月光

《瓠叶》一诗，开篇说葫芦叶好吃。说的是西周一户普通人家招待客人。客人来了，赶紧采瓠叶来烧汤。然后"有兔斯首，炮之燔之。君子有酒，酌言献之"，要烧兔子头，要上美酒。有酒有肉，很丰盛，很热情。由此，我推断这位客人要么是贵人，要么是恩人。

中国人，特别是朴实的农民，总是用盛情款待来表达自己的感恩之情，这一点，在句容戴庄村农民的身上体现得尤为明显。只要赵亚夫走进村子，家家户户都争着邀请他到家做客，并以邀请到为荣，村民总会拿出家中最好的食物予以款待。这是情谊的表达，也是敬意的诠释。

曾几何时，"要致富，先修路"是山里人的心声，随着赵亚夫的到来，人们感受到了一位退休老人对农民脱贫致富的全力以赴，对引领农民实现小康的孜孜以求。正是四十年不忘初心的赵亚夫，用一颗紧贴农民的心，用一双扎根田地的脚，用一个实用科技装备的脑，用一双放眼世界的眼，矢志不渝，开启了山里农民致富大门的金钥匙。"要致富，找亚夫，找到亚夫准能富"成了山里人新的口头禅。

戴庄的村民依然记得，那是 2002 年，赵亚夫第一次来到这个被称为"镇江最穷村"的村子，要探寻一条实实在在的脱贫致富路。进村伊始，迎来的不是乡亲们的满面春风，而是冷言、冷语、冷板凳。赵亚夫请村干部召集村民开动员会，通知虽然传达下去了，可是来听讲座的仅有两人。"就是来一个人，这个技术讲座也要讲。"赵亚夫掷地有声地说。他不顾农民的不解和周围人的劝阻，几天后又集中了一批村民，为他们讲解有机农业的意义和种植方法，甚至一遍遍地保证："我们这次来是向试种的农户免费供种苗、免费供肥料、免费供技术，不管收成好坏，每亩以 1200 斤水稻市价保底，低于这个数，我们补偿。"

精诚所至，金石为开。终于有村民第一个站了出来，赵亚夫手把手地帮助勇敢的带头人种上了一亩六分的"越光稻"秧苗。先进的"超稀植"技术，又让这位勇敢者胆怯起来，赵亚夫再次给了他一颗定心丸：按照我的方法去管理，要是没有收成，我按常规稻子的产量一粒不少补给你。

经过这一番"寒彻骨"，终于迎来了"扑鼻香"，一亩六分的"越光稻"在人们认为瘠薄的土地上开了花，结了果。当年秋天，这一亩多地收获了700多斤"越光稻"。虽说产量不算高，加工出来的大米品质却极好，每斤卖到了8元钱，这个价格是农民们过去想都不敢想的。勇敢者尝到了甜头，村民们也打消了顾虑。有一句俗语，"不要看夏天的地，不要看上午的戏"，意思是想知道收成怎样，看夏天的地是看不出来的，要到秋天的地里去看。第二年的夏天，只见戴庄村的农田里尽是"越光稻"。

"越光稻"成功了，赵亚夫又为戴庄村引来了"有机桃"，虽说有之前成功的先例，村民们心里还是犯嘀咕："桃树至少得三年才挂果，如果弄不成，耽误三年损失可不是小数目。"赵亚夫又是一番苦口婆心。这一次，仍然是敢于"吃螃蟹"的农民们有了意想不到的收获，"有机桃"每斤的价格卖到了8元钱。"越光稻""有机桃"像播下的星星之火，很快就成了燎原之势。"先点亮一盏灯，再照亮一大片"，赵亚夫的这一做法，让戴庄村农民的土地俨然成了聚宝盆，让曾经是镇江最穷村子的戴庄村轻松卸下了贫困的帽子。

如今的茅山脚下，丘陵山峦间到处是树木、瓜果、庄稼，清澈的溪水从田间流过，漂亮洁净的农舍点缀其间。目睹眼前的一切，赵亚夫知道，二十多年前在日本爱知县渥美半岛山坡上播下的希望，已经在戴庄落地成金。

如果说，只是带领一方人致富，那就片面理解了赵亚夫那句"把论文写在大地上"的誓言。句容白兔，被赵亚夫打造成了"草莓之乡"；荒岗坡地，被赵亚夫打造成了万亩桃园。2008年汶川大地震过后，赵亚夫又毅然带领团队走进四川。在灾区，他培养农业示范户112个，种植示范果树293亩，推广高效农业5000亩，使灾区农民增收3亿元。这样的农业经济效益在当地引起轰动，由此，绵竹人民送给赵亚夫一个新称呼——灾区重建最美志愿者。

水韵江苏感恩赵亚夫，巴蜀大地想念赵亚夫，脱贫攻坚的荣誉记得赵亚夫。2021年2月25日上午，赵亚夫再一次出现在北京人民大会堂，这一次的身份是全国脱贫攻坚楷模。在全国脱贫攻坚总结表彰大会上，习近平总书记表示希望他"把成绩写在大地上"。这在赵亚夫看来，是大表扬、大鼓励。

　　好的生活不是只有一个模样，有人喜欢城市的繁华，就有人喜欢泥土的芬芳。赵亚夫工作六十年来，与农民一起，在土地上摸爬探路，带领农民致富成为其奋斗终身的事业。

　　从"草莓之乡"到西部的陕川，从"戴庄模式"再到农业合作联社，赵亚夫写在茅山大地上的"论文"还在继续，一个个贫困村华丽蜕变，变成宜居新家园；一个个特色产业拔节生长，鼓起农民"钱袋子"。一幅幅"望得见山，看得见水，记得住乡愁"的画卷正在神州大地徐徐展开。

　　我时常想，那些受益于赵亚夫的淳朴农民们，他们目光与目光的交会，一定是心灵与心灵的握手，是扎根泥土与守望泥土的相遇。时光荏苒，而今那一轮近在咫尺、美得无可比拟的月亮，依然挂在茅山山巅，深深浅浅的暖意包围着"越光稻"，她的嫩苗已然化作戴庄村的另一片月光，滋润着乡亲们的心田。

华灯初上行古村

在宝华山山脚下的千华古村，夜晚的灯火充满着一股撩人的意味。五光十色的灯火将古民居、祠堂、牌楼勾勒出凹凸有致的轮廓，营造出别样的意境。

当我走入古村时，月色已将大地笼罩，幽静的村落略显羞涩，但灯光却显得热情。我被"画纳山光"的牌坊迎入这座如诗如画的古村，上下打量着挂满红灯笼的大道，路边商铺、钱庄、当铺、酒馆，以及推杯换盏的铜人像，像极了宫崎骏电影《千与千寻》里的画面，我仿佛误闯了另一个世界。

走在古村，领略微醺时光，隔着唐宋的云袖，那满塘碧荷，也曾年年暗递花香。仰望浮云卷舒天，春风摇曳，大地韶华，流溢着江南的诗情与画意。此刻的古村犹如一位古典美女，略施粉黛，吟唱着吴风越韵。走在古老的巷弄，原本退缩到暮色中的深宅大院、楼阙牌坊像是受到灯火的邀请，又重新回到人们面前。一切似乎不是白天古村落面貌的简单重复与再现，恢宏的古建筑群被无处不在的灯盏重新上色、分割组合、再度包装，呈现出古朴典雅的面容。

没有白天的熙熙攘攘，古村平添了几分神秘。驻足宝志公祠前，一束束灯光将古老的宅院勾勒得错落有致，更显徽派建筑的古雅大气。在灯光的映衬下，沧桑的门罩、门楼，似乎焕发了青春的容颜。精细的徽州砖雕木刻画更加清晰、精致；飞檐翘角上的怪兽栩栩如生，正抬头仰望着黑漆漆的天空；马头墙愈发高耸，似乎在守护着深宅大院内的百年秘密。

江南之美在于有山有水，古村背依宝华山，下涌杨柳泉，据说乾隆皇帝六下江南，几乎每次都要来品尝这里的泉水。几千年的泉水流出，早已蓄成大片纯净池塘而生生不息，派生出沟沟壑壑的水流，流向四面八方。"秦淮之源"四个大字告诉人们，这里便是秦淮河的源头。杨柳泉经过千年依然源源不绝，泉眼之上建起一座三层四方的琼楼以示庄重，泉水由黄色祥云和蓝色云海环绕的龙头口中流出，滋润万物，流水经过处，莲叶舒展，荷花盛开，红鲤雀跃，灯光将此地装扮成蓬莱仙境。

依旧是白天踩踏过的青石板巷道，此时在一盏盏路灯的映照下，变得意味深长。路灯的明亮度恰到好处，既不惹眼，也不昏暗，橘黄色的光线柔和而多情，照在斑驳的石板路面和青苔点点的墙体上，如同涂抹上一层薄薄的油彩，营造出一种神秘的氛围，似乎走在古巷深处，就能听到百年前驮着茶叶或几坛白酒马匹的马蹄声。

巷弄寂静，偶尔出现几位夜游的散客，走得悠闲，被灯光映照得时长时短的影子，如同投射在路面上的皮影。虽然不是雨天，眼前的景象却能让人联想起戴望舒笔下江南雨巷的浪漫，又似乎有着山城重庆蜿蜒曲折的古巷的幽深。流经古村的溪流，白天素面朝天，夜晚经过一只只小巧玲珑的彩灯装饰，便如同撒上了一层细碎的月光，波光粼粼中是数不尽的温柔。人们视水为财，对流经家门前的朴实小溪，自然要精心打扮。灯光幽幽，溪水在灯火下汩汩流淌，活泼而灵动。散发迷人灯光的，还有跻身古老宅院中间的酒吧。酒吧门面装饰富有创意，虽是古式建筑，雕琢的文字却处处透露出现代气息。千华古村的灯火下，东方与西方、现代与古老、质朴与浪漫，相融共生，呈现出一份特有的和谐之美。

回到入住的民宿，推开院门，又见一处别致的灯火。那是民宿主人精心设计的迎宾灯，释放出一种熟悉的温暖。它让我想起年轻时离开家乡，母亲坐在家中那盏煤油灯旁等待我归来的情景。

岁月越过最解风情的灯火阑珊，一路抵达古村时光的深处，一束灯光闪耀，化作浅吟低唱，婉约地告诉世人古村之美。倘若你腻烦了夫子庙的繁华、厌倦了秦淮河的艳丽，不妨来这里小憩，感受江南山水的款款情意！

古镇上的书店

古镇的名字叫宝坻，离我的老家七八公里的样子，小时候随大人去那里走亲戚，总是步行前往。按道理说，这样的行程对于一个孩子来说是吃力的，孩子内心也应是抵触的。然而，只要大人说是去宝坻，我总是欣欣然，愉快地跟在大人后头。他们哪里知道，宝坻在我的心里是一种向往，那里有一个四合院模样的书店，是我梦里心心念念的驿站。

我不知道自己是什么时候爱上书，爱上读书的，当然，我所说的书并不是学校里发的课本。村口，有一个火车型的红砖房子，俗称供销社。它在我的眼里，就是一个大千世界，包罗万象，有烟有酒，有米有油，有笔有墨，还有那一本本见都没见过的小人书。一本小人书的定价从几分到几角不等，用现在孩子们的思维来理解，这样的价格根本不能称之为贵，然而，就是这样的几分钱，对农村的孩子来说也是天文数字。我只有趁着自己考了好成绩，或者大人好心情的时刻，才斗胆提出买书的心愿，往往十提九中。这一宿，我一定是抱着新书入眠的。

一个周末，我在门口玩耍，二婶突然走来问我："跟我去宝坻玩不?""去!"我满口答应。二婶平素对我很是疼爱，跟着她去一趟小镇，除了可以长长见识，还能去一回书店，多么美好的事啊！小镇之行从来就没有让我失望过，在回来的路上，我又多了一位好伙伴，一套《白话聊斋》上下册，出自辽宁人民出版社，书的封面是天蓝色的，很是养眼，价格我至今记得很牢，每册1.95元。

有一年春节，父亲要在上海值班，于是我们全家得在上海过春节。父亲在来信中嘱咐我带上几本书，我随手将两本《白话聊斋》装进了书包，母亲看到后，问道："到上海你一个人住，半夜三更看这书，不害怕啊！"确实如母亲所说，我是个胆小的人，晚上听不得广播里的侦破故事，看不得书里的妖魔鬼怪。可这一回却完全出乎意料，台灯下，我读得有滋有味，从蒲松龄笔下领悟到或深或浅的道理。我朦胧中悟到，从读书的角度来说，并不是所有的开卷都有益，但从学习的角度看，任何文字都有其可以借鉴的价值。

家里有一个老式衣橱，或许是天意，衣橱里嵌有一个空格子，这成了我人生中的第一个书柜。我恭恭敬敬地在上面写了四个字：唐军藏书。按说，一个小学生哪里知道什么叫藏书啊，按照我的理解，所谓藏，就是收拾好自己的宝贝。书是什么样的宝贝，我并不太懂，我相信从古镇书店买回来的一纸一笺都是宝贝。

好在，古镇上有亲戚，一年四季都可走动。某年冬天，很冷，我原来是可以不用和父亲一起去古镇拜年的，可是，一想到那个书店，我毅然爬上父亲的自行车。到了古镇，直奔书店，现在想来那个劲头是不是像《诗经》描述的那样：窈窕淑女，君子好逑；窈窕淑女，寤寐求之。一把"铁将军"横亘在眼前，阻拦了我的脚步。父亲说："今天才正月初四啊，人家还放着假呢！"我悻悻然。"未见君子，忧心忡忡""未见君子，忧心惙惙""未见君子，我心伤悲"。《诗经》再次把我的心迹表露无疑。

后来搬家数次，很多书都散失了，包括那套《白话聊斋》，每每想起，心里都是遗憾。我时常想，书会不会像人一样充满感情，它或许会在某一个角落、某一个时刻想起最初的主人。

这些年离开家乡很久了，那个古镇也离我远去，然回忆永远是崭新的。古镇书店的位置很特别，建在一个小山坡上，要拾阶而上，给人一种庄严、神圣的感觉。穿过古色古香的木门，挑选一本心仪的书，也是一个虔诚的过程。如今，不知院中的梧桐树还在不在，木质窗棂上是否落满岁月的灰尘，枝头的树叶是否像玻璃柜里的书一样，旧了又新、空了又满。一叶落而知天下秋，梧桐是秋的信使。梧桐本来好好的，只是季节到了，一阵风，飘下很多落叶。《唐明皇秋夜梧桐雨》证明秋后梧桐还是有叶子的，否则秋雨落在光秃秃的枝干上，不会发出令多情的唐明皇伤感的声音。

年轮总归让植物茂盛，树木葱茏，可是，我再也无法找到一片似曾相识的叶子。但幸运的是，昨夜，我又梦见自己走进古镇的书店，营业员还是那般的秀丽，我掏出几枚硬币，购得二十多年前那套《白话聊斋》。

回望古镇书店，它耸立在满街的虚浮奢华之中。

观灯记

在我的印象中，读小学以前县城的灯很少，大家都早睡早起。在那个物资匮乏的年代，人们浑然不觉地遵循着养生之道。清澈的小河边，妇人们欢笑着，健硕的双臂在水中抛摆着床单或衣物，就像男人撒着渔网。

20世纪70年代的县城，夜幕降临，冬夜的僵冷和黑暗更是难熬。油灯是家家户户的必备物品。夜晚，它们绽开一朵朵火花，温暖着小城人家，也温暖着整个县城。玻璃罩下油灯的光芒虽然微弱，却是向黑暗发出的挑战，在那样的岁月里，燃起人们精神上的火焰。除夕夜，大雪纷飞，我将屋内所有的油灯点燃，满屋闪闪的灯光，映照窗外的漫天白雪，如同庄严的节日庆典。我默默地注视着这一片灯光，感谢生活赐予的美好，祈求上苍赐福给每一户人家。

不知从什么时候开始，夜晚的县城上空红彤彤一片，楼宇、道路、公园、广场，一切都冠上了五颜六色的灯彩，我突然发现这灯光比梦还美，比星还亮。我爱灯，不只是由于光的照明作用，不仅是为了驱除黑暗，还在于去观看灯下的缤纷人生。

有许多年，我生活在靠近郊区的"建新村"，四周全是田野，夜幕降临，蛙声一片，让人分辨不出这是县城还是乡村。华阳东西南北四条路的开通，让"建新村"一下子成了县城的中心，一组不知名的雕塑每天夜晚都被闪烁的霓虹灯折射出迷人的风情，四组闪耀的路灯向远方延伸。那一刻，我才看清这个城市的轮廓：虽然分明，却也单薄。

句容的秦淮花灯闻名于世。它起始于唐朝，兴盛在明代。有宫灯、柱灯、荷花灯、动物灯，以设计新、造型奇、做工细著称。其最引人注目的是走马灯，当灯座的烛光燃起时，热烟升腾，顶端的纸轮随之转动。于是灯罩四周的仕女花卉、飞禽走兽或湖山景物的彩绘环灯旋转，影影绰绰，相映成趣。

2018年的中秋节，四十组秦淮花灯璀璨开启，崇明公园灯展的流光余韵犹存。穿过熙熙攘攘的观灯游人，在灯下漫步，其间精心布置的"句容记忆"图片展，让人们在一张张泛黄的老照片、一件件熟悉而陌生的老物件中，回味美好生活，感受城市变迁。细细品味辛弃疾那句"众里寻他千百度，蓦然回首，那人却在，灯火阑珊处"，这种迷离恍惚的意境，只能意会不可言传。

后来，我在日本北海道旅行，观光项目之一是登高俯瞰函馆市夜景。

函馆山位处太平洋与日本海之间，海拔三百五十米，山形似卧牛，又名卧牛山。我们从牛背般的山脊蜿蜒而上，车身逐渐被雾气包围，车灯向前照射，四周茫茫如临云天。

我来到山巅的展望台，登高远眺，夜空下万斛钻石明珠般闪烁的灯海，顿然呈现在眼前。光点繁密，光流闪动，在夜雾朦胧中蒙着迷人的光晕，给人虚无缥缈之感。山风吹来，高处不胜寒。游人仿佛俯览苍穹星宇，明丽奇幻，令人目眩神驰！

陪同的友人说函馆山的灯景以地取胜，与意大利的那不勒斯和中国的香港，一起被称为"世界三大海港夜景"。

虽然未到那不勒斯，后来我却有香港之行，抵达港岛那天恰好是圣诞节。

圣诞夜，我在九龙隔海远眺香港灯火。全岛恍若银河落地，高楼大厦流光溢彩，通衢大道火树银花，海峡港湾波影闪熠。遍地灯饰，璀璨夺目，堪称一绝。

离开香港前，一个冬日薄暮，我乘登山电车直达港岛最高处太平山顶。夕照西斜，山巅有薄雾。暮霭渐浓，海湾里升起大片霓虹灯遂愈见辉煌。我不由想起夜游函馆时所见的灯景，函馆灯景俏丽幽冷，香港灯景浓艳热烈，两地各异其趣，后者似更胜一等。

城市不能没有灯火。国际大都市如此，小县城也不例外。前年，我来到武夷山麓的革命根据地宁化县城。导游安排观光夜景，我无法想象长期处于贫困落后之中的小城夜晚能有什么景观。

车停城内翠桥畔，只见楼台屋宇到处镶挂着成串成片的电珠灯饰。它们从高处垂下，如纷披的流苏，如瀑布倾泻坠地，环绕在道旁大树上，就像缀满饰物的圣诞树。我怦然心动。宁化翠桥的灯火并不壮观，但它至少表明这座小县城正在摆脱昔日的贫困，起步走向富足乃至富裕之路。

我终于有所领悟。灯火带来光明，灯饰显示繁华，灯海反映城市和国家的兴盛，灯光里有人文历史。

这几年，夜晚不再需要陪读、陪学，我可以自由地感受句容夜色的美好，一瞥之下总会发现这里的灯海不断扩大延伸，令人眼花缭乱。句容历经黯淡岁月，人间沧桑，今天的葛仙湖美轮美奂，让人有身临大唐不夜城的感觉。盛装的大圣塔下，游人潮涌，灯海更兼人海，蔚为壮观。

我喜欢灯。

我愿，句容大地上的灯光大放光明！

江南约早

最近有一句话特别流行，"人间烟火气，最抚凡人心"，好像这十个字是专为浮躁和不安的人们准备的，袅袅炊烟、村前柳树被这句话刻画得入木三分。说实话，我喜欢人间烟火的味道，时常怀念一个人拎着一只竹篮子去菜场买一把小葱、几棵青菜，顺道取回一瓶牛奶，最后悠然去一家小食店，点上一碗豆腐脑、两根油条，在钟爱的早点中享受人间清晨的味道。

江南的清晨，的确是从丰富的早点中唤醒的。我们这里虽有江南之名，却与人们心目中的江南相去甚远。在不远的泰州或扬州，都有颇具特色的早点，引得外地人驱车前往，一时间去外地约早成了时尚。对于这样的约早，我不太喜欢，试想，一个小时的车程，早已人困马乏，见到再好的美食也无动于衷了。

曾经有人对南京的早点进行过盘点：李记清真馆牛肉锅贴、云记鸭血粉丝、鸡鸣汤包、蓝老大糖粥藕店、白下元宵铺、左师傅梅花糕……光看着这些文字，就让人垂涎三尺，想想更觉热腾腾的烟火气袅袅满街头。可见一座有历史的城市，她的早点也是经历了岁月的洗礼的，提炼出了与众不同的味道。

江南人约早，这个"约"字用得很形象。在镇江这座被称为"城市山林"的城市，早点样式也是极为丰富的。首选是镇江锅盖面。作为中国十大面条之一，镇江锅盖面没有绝密的酱料，比不上河南萧记烩面的浓郁；没有炫目的技巧，比不上山西刀削面的刀工；也没有奢华的食材，比不上兰州拉面大量的牛羊肉辅助……它只是简单地还原面条本身，却又种类丰富，营养美味。无论干拌还是汤面，吃前搅拌一下，就能给每一位食客的味蕾带来巨大享受。

还有牛肉煎饺，这一款不知是本地餐饮者的自创，还是舶来品，黄澄澄的煎饺出锅，撒上绿宝石一样的葱花，再蘸上镇江香醋，入口脆香，牛肉的鲜香和醋的芬芳，让你一时之间分不清什么是皮，什么是馅。

　　当然，除了这两个"王牌"，镇江还有更多的吃早点的去处，大娘水饺、糯雅芳粥，甚至真正的"外来户"肯德基也有了早点。只要你喜欢，约早不再是豆浆和油条，不再是重复和单调。

　　常有人说，某地是一个去了就不想离开的城市。镇江，这座美得让你"吃醋"的城市，在我的眼里也是如此，这里也拥有诗意般的生活。我喜欢，春日清晨杨柳依依的金山湖畔；我喜欢，夏日午后阳光斑斓的绿荫小道；我喜欢，秋日焦山的片片枫叶；我喜欢，冬日北固山下摇荡的芦苇。

　　镇江味道，市井烟火，虽没有风花雪月的浪漫，但爱已深入骨髓。就像那两句诗，"潮平两岸阔，风正一帆悬。海日生残夜，江春入旧年"。看不厌的是镇江那山、那水、那春。任你惊涛拍岸，也无法阻挡江春的到来，至情至性总归潮平两岸，终会春江水暖。

　　今天因为值班，我赶了一个早，街头已有人欢欢喜喜地打着招呼，"走，我们约个早！"

开往春天的地铁

我从未像今天这样期盼春天的来临，静止后的松动，收缩后的伸展，春天仿佛超越了自然范畴而存在。远处的风景越来越近，身形清晰，由虚相变成了现实。这世上一切美好的事物，无论你看见或看不见，都是真实的，笃定的。你看，伴随着一阵轰鸣声，一列地铁破土而出，朝着金陵的后花园驶来，她在经历了激越和萌动之后，充满着春天的力量。

这世上已有太多的路。从山野的泥泞小路到城市的宽阔大道，从汽车的公路到高铁的铁路，再加上船舶过江入海的水路、飞机从云上掠过的天路、火箭飞船的漫漫太空路，实在是数不清有多少道路了。但道路和人一样，只有极少数的道路，才能像极少数的人那样，借助历史的机缘，在蒙蒙的时间尘埃里脱颖而出，被期盼、被铭记。生活中，我们常常提及道路，但那大多成了隐喻和象征，仿佛生活就像列车一样，有条轨道便可安然无虞了。

我第一次坐地铁是在上海，从徐家汇往闵行区赶。昔日没有通地铁的闵行区更像是一个大城镇，水清路与沪闵路路口当时还是个没有红绿灯的丁字路口。时至今日，我去一趟闵行，转乘若干条公交线的情形仍历历在目。徐家汇属上海的商业圈，拥有地铁1号线、9号线和11号线，熙熙攘攘似北京的王府井、广州的天河路、南京的新街口。走出闵行莘庄地铁站，满目高楼，其繁华程度可比肩徐家汇。轨道交通就像一声春雷，惊醒了闵行蛰伏的土地。如今，占得先机的闵行，确立了"主城副中心"的地位。有人说，是地铁的到来，创造了"闵行奇迹"。在我看来，这更像是一种模式，今天句容的积淀远胜于开通轨道交通前的闵行，那么，是不是可以设想，这种模式可以借鉴、奇迹可以重现？

曾几何时，我们也有"要致富，先修路"的意识和行动，也有愚公移山的斗志和气魄。人总是向往更美好的，有了四通八达的水运，还要有五湖四海的航空；有了市际公交，还要有城际地铁。人们就是在这样无穷无尽的追求和奢望之中，有了创造动力，以及为之奋斗的勇气。我敢说，二十年前，不，甚至十年前，估计没有几人敢断言2021年的句容能通上地铁，即使是有，也是"犹抱琵琶半遮面"的预言——句容某年肯定会通上地铁。可是，今天，多少人的期盼就近在眼前，恰是"忽如一夜春风来"，其势必然。

木心说，从前的日色变得慢，车、马、邮件都慢，一生只够爱一个人。据说，杜牧是骑着毛驴游江南的，高适是骑着白马赴边塞的，他们活得惬意，不用争分夺秒，准时准点地赶车。如果说，上述是一种境界，那么宁句城际则是另一种风范。它原计划于2023年通车，提前至2021年，是一种高效率；实现两站直达南京的便捷出行，是一种新速度。如此卓越的风范，让"融入南京，接力镇江"的愿景成为现实。我不知道"从前慢"与"今日快"你更爱哪一种。狄金森曾打过一个诗谜，"我爱看它跑过一哩又一哩"，说的是火车。还是以上海的闵行为例，工业时代，乡村与城市之间只是隔着一列地铁。

人是最聪明的，创造了许多一旦出现就自备服务社会特质的东西，比如电脑、机器人。而地铁，也有着不以人的意志为转移的禀赋，运行之后，就永远风驰电掣下去，它关乎着民生，这一天天，有多少人靠它转运到达工作或生活的站点。此刻，我忽然想起藏族的一句谚语：你有什么好东西，送给水中的鱼和地上的牛羊。宁句城际的开通让我有所悟：施予人，不必带有一颗功利心，希图别人回报、感恩。在我的内心，并非单纯地希望地铁时代的到来，拉近与繁华金陵的距离，而是希望家乡趁"好风凭借力，送我上青云"之势，秉"博观而约取，厚积而薄发"之志，伴以轨道交通的热度，载以宁句城际的速度，辅以省会南京的友情度，为句容雄起而助力，让我们生活的城市更有深度和潜力！

在这个冬日，一抹丁香色，提前迎来了江南小城的春天。在南京至句容的城际轨道旁，油菜花、桃花、梨花赶着趟地绽放，"一气初盈，万花齐发，青畴白壤，悉变黄金"，即使你的心再不柔软，我相信也会变得喜悦、明朗起来……

白菜往事

　　现在城市里想见到一点泥土是极不易的，更别说能有一块菜地了。大阿姨家住在农商行的家属院，当初农商行规划再建一座楼的计划搁浅，自然形成了一片荒地。不知何时那片荒地被切割成若干个长方形，一块一分见方，这里的住户们都分到了一垄地。于是，一畦青菜、一畦丝瓜，还有茄子、辣椒、冬瓜，便像油画中的静物一样，一年四季轮流在这里呈现。有种菜兼种花的，半篱栀子、一丛梅花、两畦菜，有好事者竟然在旁边插上一块木质的板子，上书四个大字：开心农场。难得的一片菜地，惹得大伙开心不开心我不知道，但我猜想，下班归来的人们在这里劳作一番，"汗滴禾下土"的滋味一定皆是快乐的。

　　园旁一枝菊，金黄的花开了，一下子点醒了秋天。大阿姨说，白菜已经有模有样了，于是我尾随着秋意而来。《明史》中有小传的画家王绂，在他的《题老圃卷》中有这样的诗句"雨晴瓜蔓绿，风暖菜花香"，我佩服画家的敏锐，这秋光里瓜果的清香是不输花香的。走在菜园边，看到素颜素衣的白菜，像是邂逅了久别的同乡，满眼亲切，另一段风景慢慢地在眼前摊开了。

　　"头伏萝卜二伏菜"，我在书本中看到的类似农谚有"头伏萝卜二伏芥，三伏里头种白菜"，还有"头伏萝卜二伏菜，三伏还能种荞麦"。说法各有差异，代表不同地区的种植经验。大阿姨是种菜的好把式，夏末时分，她就准时撒下白菜籽，白菜出苗，一点点长大，在水的滋润下，叠绿铺翠，生机勃勃。幼苗期的白菜是无邪的幼童，天真烂漫，在微凉的风里水灵灵地伸展腰身，在秋风中咯咯地笑，笑着笑着就成了少女。转眼间又到了懵懂的青春期，新生叶片向内卷曲，再也不是大大咧咧的翠绿，而是微黄。

白菜日见长大，开始收心养性。不久，白菜长成了自律自爱、丰腴结实的村姑模样。立冬，白菜修成正果。小雪节气，大阿姨给我打来电话，邀请我家一起去收白菜。担心菜多，我便跟楼下邻居借来一辆三轮车，和母亲一起去大阿姨家装白菜。不到一个小时，两个身影和一车白菜披一身晚霞，行走在小县城的暮色中。

冬天的菜盘空虚，这个时候白菜就成了主角。母亲总将一棵白菜"剥削"到极致，白菜切碎，大葱两根，椒盐、酱油腌制五花肉馅，做成水饺，味道极其鲜美。白菜根也舍不得扔掉，将其切块、焯水，和煮熟的花生合在一起，撒把盐腌起来，一两日后，清凉小咸菜就上了桌。当然，偶尔也有幸福的日子，母亲买回来几两五花肉，为全家做一顿腌白菜炖肉。做好饭菜，母亲总会将煮好的几块炖肉送到隔壁一位远房亲戚家。过日子如过关，守望相助是母亲用白菜教给我的人生教义。小时候，父亲在外地工作，农忙时节，隔壁的老奶奶主动帮母亲收麦、插秧、打谷。若是母亲去公社卖粮回来晚了，我就在他们家饱餐一顿。白菜里的感恩，白菜里的感激，白菜里的世道人心，多少年后，我终是懂了。

说起时令鲜蔬，古人有"春初早韭，秋末晚菘"之语，"菘"即白菜，古人文雅。初识此字时，不解为何用它命名一棵菜，待读到"清白高雅，凌冬不凋，四时常见，有松之操"时，方才省悟：菘，草下一松，白菜可不是草本之松吗？也曾见过一首打油诗：

> 白菜人尊百菜王，天官开宴百仙尝。
> 玉帝夸赞不绝口，王母贪吃未搭腔。
> 养胃生津好滋味，可拌可炒可炖汤。
> 最喜严冬好存储，家家户户窖中藏。

言外之意是，连天上的神仙们都被白菜的美味迷住了。天人爱不爱吃白菜，我们凡人不知晓，但是白菜生于泥土，长于田野，严冬时节，家家户户窖中藏是肯定的。

冬天，母亲挑选出结实饱满的白菜，在户外晾上几天，然后把厨房里那口缸洗干净，准备腌制白菜。我记得那时八九岁的样子，母亲让我光着小脚丫当一回"腌菜工"，母亲负责铺白菜、撒盐。窗台上点一盏油灯，不明也不暗，母亲凭着经验撒盐，我则埋头卖力地踩踏白菜，将它们压实、压紧。一个多小时，一缸白菜便腌制完毕了。窗外北风那个吹，我满头大汗，现在想来，母亲怎么如此狠心地使唤我这个童工呢？后来，无意间听说男子踩菜天经地义，因为男子的脚爱出汗，汗脚踩出来的白菜味道更鲜美。这一说，倒吓得我好几年没敢吃腌白菜了。

"嚼得菜根，百事可做。"谁都有无数次的困顿，在困顿中变得柔韧，便是成长。小时候生活条件差，没什么好吃的，但是有了白菜、咸白菜，五味杂陈，饭菜顿时就成了美味佳肴，生活也有了情趣。那时的饭菜是简单的，味道却是丰富的；那时的生活是清贫的，日子却被我们过得红红火火。

岁月的风雨带走了很多东西，再也回不来，而关于白菜的记忆却如此清晰，种白菜的日子仿佛就是昨天。夜晚，我躺在床上，听着窗外北风呼啸，想着儿时那口装满白菜的缸，想着白菜一棵棵整齐地码在缸里，想着白菜上面那几块沉甸甸的大石头，想着缸里的白菜慢慢发酵，最后变成爽脆可口的酸菜，想着端上餐桌的砂锅酸菜豆条，热气腾腾的样子……

一觉醒来，湿了枕巾。

村　庄

　　看过温铁军教授一些关于乡村振兴的视频，再次勾起我对童年往事的回忆，我重新注视那一片生我养我的土地，继而迷恋上了她。在这之前，我很少考虑村庄是怎么回事，想当然地认为村庄就是一个人群聚集的地方，祖辈们在那里生存繁衍。我曾经就住在村庄里，几间瓦房相连，几棵榆树成荫，一只碾盘或一口辘轳井，还有鸡窝和草垛。身居其中，却往往视而不见。

　　某一日，日落黄昏时，我站在大堤上忽然闻到村庄的味道。我发现这种味道是从房屋、树木、人群、农具、粮仓里溢出来的。味道有些古旧，有些残破，可却让我迷恋。

　　我曾经做过一件自认为有意义的事情，饶有兴趣地征集各类老物件，在镇上的文化馆借了几间房，照葫芦画瓢建了一个所谓的"乡村记忆馆"。为了寻找更多的记忆，我在方圆几十里的村庄里，发动村民们收集老物件，甚至一块石磨、一只瓷碗、一辆"二八大杠"、一台黑白电视机也不放过。余光中说，乡愁是一枚邮票，是一张船票。在我看来，这些经历沧桑的物件何尝不是村庄的记忆呢？乡愁是轻的，轻如流水的声音，或者旷野里的几声欢笑。而村庄又是重的，沉重到一株麦穗便可以压垮一家人的身体。那些忙碌不堪、汗水连天的夏日并无多少诗意，辛苦累积出来的收获，仅仅够喂饱我的半个童年。那另外一半呢？则是饥饿地在田野里奔跑，寻找遗失的一株株麦穗。

　　过去，我庆幸摆脱了村庄，总以为"脸朝黄土背朝天"是对身体的束缚，"鲤鱼跳龙门"才是人生的喜悦。可是离开村庄越久、越远，越能看清楚村庄并不是一种枷锁，而是根、是精神、是灵魂。

村庄里的事物，大的如一条小河、一座山丘，小的如针头线脑、芝麻绿豆，你别以为它们杂乱无章，理不出个头绪，实际上每一样东西都有它们自己的轨迹，不会无缘无故地多一件，也不会突兀地少一件，即便是多了或少了，人们也晓得它们的来和去是怎么回事。在庞杂的村庄里，有些东西的消失，现在回想起来，应该算是大事件了。譬如一种叫作"双季稻"的农作物，在老家的土地上盘踞了很久。据说，它出现的初衷是为了养活更多的生命，然而说没就没，仿佛被一阵风卷走了似的。它走的时候，村庄平静得令人不可思议。父亲说，"双季稻"的第一季从三月份开始下秧，短暂的生长期后，酷热的七月份便可收获，接着就是第二季的轮回，人们好像在催促秧苗生长，催得苗累人也累。

在村庄里和"双季稻"一起消失的，还有牛哞声。那个年代，牛和人一样金贵。记得那是一个清晨，可能是人的疏忽大意，全村人依赖的一头老牛不知所终，全村男女老少齐上阵去寻老牛，也包括我。我趴在妈妈的背上，虽然不知道为什么如此费时费力去找牛，但我心里明白，这牛一定非常重要，以至于多年以后，这样的场景还会在我的梦里出现，梦里大家牵着老牛回村了，戏剧一样的场景被我演绎了无数遍。当然，也只是梦而已，那头老牛真的不见了。"双季稻"和老牛的消失，可以说是时代的进步，时序有更替，花落花又开。只是这种"进步"的过程中，村庄的面貌渐渐变得模糊起来，那些原本充斥在人们日常生活中的事物，接二连三地消失得无影无踪，而且没有谁会细细地探究这是为什么。

时下的村庄，不知去向的事物比比皆是，譬如石磨、纺车、老井，似乎一眨眼就不是原来那个模样了。村庄里每消逝一样东西，虽然都有新的东西取代，然而，就像一只捏惯了筷子的手，突然改用西式的刀叉，总觉得陌生和不自在。问题还不止于此。由此，我开始怀疑"永恒"这个词，觉得它越来越经不起推敲。千年不变的刀耕火种，万年不变的犁锹铲锄，当它们被我们轻率地翻动、丢弃之后，还能再说"永恒"吗？

我曾经笃信，村庄有些东西是无法挽留的，它们该走就走吧，唯独炊烟不能走，也不会走，它会留下来陪伴人们过日子，直至地老天荒。道理非常简单，在这个世界上，人活着，总须生火做饭吧！就连最能看得开、放得下的佛家都说，饥了吃饭困来眠，何况我们这些慧根不深的人呢？

然而，我错了。

不知从什么时候起，村庄的鸡鸣声渐次变得零散、毫无次第起来，慢慢变成了空白。而被鸡鸣声唤起的炊烟，一年年变得稀疏起来，昔日的袅袅炊烟，如今也只剩下寥落的几缕。在村庄里，只有"长河落日圆"，很难再见"乡间炊烟直"了。

我怀念老牛、石磨，就像怀念亲人，不，怀念亲人，起码还有一条可供回忆的路径、一些模糊的照片，可是那些曾经深深楔入我们生活乃至生命的东西，从我们身边消逝之后，连个残存都不曾留下。我曾问母亲："村里那些熟悉的人和景去哪里了？"她风趣地说："兔子满山跑，哪里有水有草，就在哪里做窝呗。"

村庄里那些谜一样消失的事物，我可能再也寻找不到它们的卜落了，只能留下一份怀念，与生命俱老。可是，我又惊喜地发现，记忆里的密码是相似的，村庄与村庄没有什么不同，任何一座村庄都可以慰藉我。最老的一棵树，或者废弃的一口砖墁水井，狗看见生人依然狂吠，天空飞的鸟有相同的名字，村口坐着的老人有着相似的面孔。他们恬淡地述说着时光和岁月，为一场春雨或一场瑞雪舒展开深深的皱纹。

一阵蛙声，我躺在急流的筏上，追那朵黑土地上的白云。

老灶房

　　老家的宅子已荒废多年，烟火早就冷却了，但每次回去，总要去见一见老屋、庭院、水井，摸一摸斑驳的老墙、破损的木门等旧物件，感觉属于自己的故乡还在那儿，心里便有了水手上岸的踏实感。

　　当然，让我最心心念念的还是宅院里那间不再飘散炊烟的灶房，那里曾经承载着全家人的生活，滋养着全家人的味蕾。故乡这方水土，无论城里，还是乡下，谁也离不开灶房。

　　其实，舌尖记忆，并非只与乡土情结有关。婴儿的紧张状态来源于饥饿，这就形成了最早的饮食记忆。终于明白，母亲做的饭菜永远是最好吃的，任何美味佳肴都比不过它。

　　在乡下，灶房的重要性从布局上就能体现。厨房古称火唵，古人认为"安灶西面子孙良，向南烧火无祸殃"，因此，农村大部分人家的灶房都位于院子的南面。

　　灶房大多不设窗，即使有窗，也是极小的。时间一长，土灶台的犄角旮旯便会沉积油污，只待每年腊月彻底打扫。

　　掏烟囱要爬上房顶，用竹竿一通乱搅。这种偷懒的做法，往往会付出代价——火苗冲出烟囱烧着房顶，引得过路的人大喊，灶房里的人才惊慌地跑出来扑火。一不留神，引燃一堆柴火，灶房烧起来，火苗乱冲，烧红了半个天，仍心有余悸。

　　第二天便要修补开裂的墙体。父亲从河滩担回红砂，兑上少许水泥，先在墙缝里塞入石块，然后，调制红砂泥浆抹墙，又平整了灶房的地面，再打上水泥青砂浆。灶房焕然一新，可惜，屋顶终究不是瓦片的，草房几年一翻新，每年都得修修补补。翻新后的灶房檐口齐整，厚厚的一层麦秸秆，加上微红的墙体，灶房又焕然一新。

如果说，夏天的灶房里烈烈的灶火给人们带来的是不安，那么冬天的灶房，则显得温柔许多。

灶房里做出来的饭菜独具风味，玉米在高温下开了花，又被微微腾起的草木灰轻轻覆上。于是，两三双手，一通乱找，一通争抢，比的是眼疾手快。老人们望着绕膝的娃儿们，笑得眯缝起了双眼。

灶房，几乎承载了乡下所有的欢乐与辛酸。掏烟囱的女人爬不上房了，挑砂的男人挑不动担了，成家立业的子女便让他们跟着进了城。进城前，老宅的粮食、肥猪与家禽都卖了，灶房里的坛坛罐罐和屋檐下那些积攒多年的柴火，因为舍不得丢弃和无法携带，只能落寞地趴在灶房里、屋檐下，就像被主人抛弃的宠物一样。

法国著名作家狄德罗喜欢美食，他曾说：没有诗歌、没有音乐、没有艺术、没有朋友、没有书籍，我都可以活下去。但是，作为文明人的我，离不开美食。

一间小小的灶房，曾是一家人幸福的源泉，如今，灶房仍然在，却物是人非。屋顶上的荒草已沤烂，在屋檐下，时常还有喜鹊来筑巢，只是这巢少了一些夏雨秋风的烟火气。

柿子红了

今天中午食堂的水果是柿子，小小的，红红的，透着精致，抓在手里软软的，我一下子想起小时候吃到胃里那种凉凉的感觉。"冬天来了，这柿子有毒！"我脱口而出。邻桌的同事大惊："啊！这柿子不能吃啊？"我笑道："能吃，你们放心吃，人到中年，是我这胃已经不能适应它了！"

"柿子有毒"这句话，在我的记忆里已经有了印记。老家西边不远处住着一对夫妻，腿有疾的男人娶了一个外地盲女作妻，他家门前有一棵硕大的柿子树。深秋时节，柿子成熟，那鲜红欲滴的果子，总能勾得小伙伴们口水直流。每次我们刚停下脚步，直勾勾地盯着满树的红柿子时，院内总会传来女人凶神恶煞的声音："你们这帮熊孩子，是不是又想来偷柿子？"大家吓得赶紧逃散，而我总是不紧不慢地走在后面，我觉得柿子再好也是别人家的，只是陪小伙伴壮胆，过过眼瘾。

有一天，我们又放学经过柿子树，小伙伴发现院里居然非常安静。勇敢者操起旁边的一根竹竿，对准低处枝丫上的柿子猛烈地敲打，柿子纷纷往下落，有的落在地上，有的落在旁边的水沟里，几个眼尖且动作迅速者拾得柿子塞进书包。就是这几分钟的工夫，屋里传来男人的骂声，再后来，一个身影闪过门槛，大家一哄而散。这次我又是慢悠悠地落在后面，一则我没有偷吃柿子，心不虚；二则我也不愿意"逃跑"式地回家。我因这慢动作，被中年男人追上了门，他对着我和我的父母一番"声讨"，甚至还说出了柿子树刚喷了农药，柿子有毒的话。听完他的一番"好意"，父母煞是紧张，我啥话也没说，先是跟他们吐了吐舌头，然后再将书包掏了个底朝天，爸妈啥也没说，客客气气地把男人送走了。可是，这一宿，我辗转反侧，担心那些偷吃了有毒的柿子的小伙伴们有性命之忧，会不会用肥皂水来解毒？我们当地有一种说法，误食了有毒的果子，喝上几杯肥皂水就好了。

第二天，见小伙伴们依然活蹦乱跳，"柿子有毒"的谣言不攻自破。

转年春天，我记得特别清楚，那是1987年，父亲从县城买回来四棵柿子树，栽在家门前。父亲是一个有仪式感的人，为了迎接它们的到来，还燃了一串鞭炮。事毕，父亲对我说道："它们既是客人，也是我们家的主人，你该给它们起个名字。"恰巧，我刚会背诵《春江花月夜》，于是为它们各起了名字："春江""明月""白云""鸿雁"。这些诗意般的名字在我们全家的心里赋予了特殊的含义——生活要像唐诗一样美好。

有了柿子树，我家的小庭院就渐渐热闹起来。春天，柿子树叶萌发出来，细细的、茸茸的，越长越长，越长越绿，然后开满黄色的小花，引来蜜蜂飞舞；夏天，墨绿的叶子覆盖全树，青色的小柿子藏在树头，如果不仔细看，很难发现它们的身影；秋天，柿子树的叶子由绿变红，由红变黄，青色的柿子也被秋风染成了橘红色，高颜值和馥郁的香气引得小鸟成群结队地前来"偷看""偷吃"，趁人不注意，驻在枝头吃上几口，好端端的柿子破了相。母亲为防止这群鸟儿再来破坏，特意将未成熟的柿子套上一层塑料袋，再戳上几个眼，柿子就像穿上了一件外套，既防了寒，又挡住了"贼"。又过了些时日，母亲小心翼翼地将完好无损的柿子摘下来。当然，这个时候的柿子是不能吃的，它未完全成熟，如果不知深浅，管不住自己的嘴，咬上一口，那种涩的惩罚直冲口腔和鼻腔，断然会毁掉对美食的幻想。此时，母亲显现出了劳动人民的智慧，她将几只柿子和一颗苹果一起纳入一个大大的塑料袋里，或者将几只柿子置于竹篮中，在上面覆盖一层棉花絮。我不知其意，难道是想让柿子接受苹果的"催化"而成熟，或者是想让棉花絮像孵小鸡一样，把柿子孵化成熟吗？反正，在母亲的一番操作下，柿子熟了。

我第一次尝到了美味的柿子。揭开皮，用嘴轻轻一吸，甜甜的汁液就流入了喉咙，满嘴的滋润。尽管那也是在寒冷的冬天，可是胃里根本没有什么寒凉的感觉，有的只是由口到心的甜蜜。清晨，出门上学之际，母亲还会将几只熟柿子用一方格子图案的手帕包裹好，让我带给小伙伴。他们见了柿子，就像天蓬元帅见了人参果，狼吞虎咽的样子，堪比被盲女吓唬时的狼狈。母亲还会将一些剩余的柿子做成柿饼，在那个没有多少零食的年代，柿饼常常可以香甜整个冬季，轻轻吹掉上面的白粉，饼子晶莹透亮，拿在手上，久久不舍品尝。

当初搬家的时候，母亲本想把这几棵柿子树移栽到舅舅家，我执意不肯，树挪则难养，况且还有左邻右舍的照看。现在想来，我的坚持是对的，老家除了有老屋的方向，还有柿子树的牵引，每年秋天都指引着我回家的路。我回来得恰到好处，红艳艳的柿子挂满枝头，像是在向我炫耀，也像是在向我示好。我拉下几根枝条，踮起脚尖，摘下几个柿子，揣在口袋里。站在身旁的女儿喊道："爸爸，柿子把你的衣服弄脏了。"女儿说的是实话，可是她并不知道，揣进我兜里的不光是柿子，还有这庭院四季的风霜雨露和温暖往事。

柿子树已经长得老高，我不得不借来邻居家的梯子，将高处的柿子一并摘下来。我拿着一只又大又黄的柿子向女儿展示，她开心地为我拍照，突然一只鸟儿俯冲下来，夺走了我手中的战利品。望着手中空空如也，我心叹，从小就和门前的鸟儿斗智斗勇，在鸟儿的眼里，自己才是柿子成熟的见证者、守护者和拥有者，而我是不友好的入侵者。我有点不甘心，又从枝头摘下几只柿子来，扔到松软的花台上，与刚刚从地里采来的蔬菜摆放在一起。这些昔日再平常不过的菜蔬定格在一起，庭院就有了瓜果飘香的意境，更有一种"采摘柿树下，悠然见童年"的味道。

注定是那首《春江花月夜》成就了老家柿子树的好名，水月盈虚，无止无尽，我以变者观之，天地都不能长久，以不变者观之，物与我皆无尽。天下万物，物各有主，不是我的我不能得。深秋里，"春江""明月""白云""鸿雁"伫立在老家的庭院中，那么长情、那么美！

今夕，柿子红了，我在回家的路上。

追赶春天的人

　　春天过半了。每一天来到户外，都能瞅见新天新地。怎样才算拥抱过一个春天呢？子曰："莫春者，春服既成，冠者五六人，童子六七人，浴乎沂，风乎舞雩，咏而归。"这是一种仪式。正是这种仪式感，让我们敞开身体，沐浴天泽，用别样的脚步与春天同静好。

　　坐在家里，终日不成章，起身推窗，验证了钱镠的千古丽句"陌上花开"，我发现门前的两棵红叶李，美得让人吃惊。昨天黄昏，还是满树花骨朵儿，今早竟然开了一半的花……天是阴的，原本心情不太好，可是看到一树一树的花朵，内心自有异样，这些花朵仿佛黑暗中的微火，令人倍感珍视。花骨朵儿与花朵错落有致，有一点遥遥的忧愁，世间的日子正是在这样的暗淡与鲜亮中交迭轮回。

　　其实，春天在我的心目中一直是美好的，就像现在，我站在一个叫作六里桥的桥上，放眼望去，一片开阔的油菜地，这里的油菜花开得正旺，好像开在了我的心里。站在高处，江南的美景尽收眼底。不远处，一对老夫妻在密密的蜂箱旁忙碌着，这情景让我感慨，这是一个生机勃发的春天，也是一个耕耘忙碌的季节。

　　我很想了解一下养蜂人的生活，于是信步走下桥来，朝着金黄的油菜地走去。至油菜花前，一阵芬芳馥郁——怎么这么香甜，简直不敢相信这花也有如此香气，郁郁菲菲地袅绕着，不是肥肉的那种甜腻之香，是精神之香，与青草被割断的香是一致的。在我出神之际，眼前两间简易的铁皮棚拦住了我的去路，正在劳作的老头放下手中的活，迎着我走来。或许我的出现，让他产生了一丝警觉，我微笑着拿出证件，一个大红章消除了他心头的疑云。他客气地引我走进起居室，说是起居室，其实就是一个十平方米左右的铁皮棚，床铺灶具等生活用品一览无余，墙角的一台旧电视，是唯一的休闲娱乐设备。他告诉我，另一间铁皮棚是仓库，用来摆放储存蜂蜜的桶。

老人比较健谈，分分钟我就知道他姓陆，河南许昌人，养蜂已有20多年。老陆说自己往年都是在南京城附近放养蜜蜂，今年是第一次来句容采蜜。我看着他黝黑的脸庞，有点冒昧地问道："老陆，您今年多大了？"他憨憨地笑了笑："63了！"脸上刻满风吹雨打的印记，老陆显得比实际年龄要苍老些。

在他们落脚点不远处，一大片油菜已露出金灿灿的笑容，许多蜜蜂在春风里忙碌着。"这里油菜地较多，过些天就全部开放了，"老陆的脸上有一种明灿的笑让他春意盎然，"第一次来这里采蜜，我感觉这里的空气好，环境也好，我断定采到的蜂蜜味道也会更香醇可口。"在盛花季到来之前，老陆的主要工作是繁殖蜜蜂。"蜜蜂的繁殖周期是21天，蜜蜂繁殖得好，意味着收成就好。你看蜜蜂飞来飞去异常地忙碌，是因为蜜蜂只能活一个月，一生只酿一勺蜜。"我听了顿生伤感。说着话，老陆走到户外，打开一个蜂箱，查看蜜蜂的繁殖情况。看着蜂巢板上密密麻麻的蜜蜂，我头皮一阵发麻，老陆却露出了笑脸。"蜜蜂繁殖得不错。"我说："我小时候在农村，走在田野里最怕不经意飞来的蜜蜂。"老陆笑了笑，对我说："蜜蜂是轻易不伤人的，但收获蜂蜜的时候除外，有时一不小心捏死一只，其他蜜蜂会感觉到特有的气味，很容易误蜇人。别看我是养蜂人，我的手上、脸上都被蜇伤过，有时眼睛被蜇伤，一连几天都睁不开。"他说得很轻松，好像被蜇的不是自己，而是别人。

除了蜜蜂繁殖，最让老陆担心的是蜂箱的安全。蜂箱太多，只得摆放在路边，很容易被人顺手牵羊，每天晚上他都要起来查看几次。老陆说："来了快一个月了，觉得这里治安挺好，晚上睡觉也很踏实。""这里的花期结束了，你有什么打算啊？"我问他。"今年的第一站是江苏句容，等油菜花季过了，刚好赶上山东威海的槐花盛开。"老陆回答。"你和爱人年龄大了，带着一百多箱蜜蜂，上车下车搬蜂箱实在有些吃不消啊！"我突然有点心疼这对老夫妻。"辛苦些不要紧，只希望天气好一些，花开得多一些，蜜蜂勤快一些，收入也能高一些。"老陆好像看到了更加明媚的春天。

或许不久的将来，老夫妻离去，蜜蜂采粉的历史也告一段落。而在寂寞的风声中凋谢的最后一片油菜花瓣会牢记这个季节，记住在每一个洒满金色阳光的春日里，酿出的甜美蜂蜜，献给滋养了它的天空和土地。

话别时，老陆要为我装上一瓶蜂蜜，我推辞不过，和他一起合力舀蜂蜜，那一刻，我手上沾满了蜂蜜，我不敢浪费，用嘴抿了抿。一只蜜蜂一生只酿一勺蜜，这一瓶蜜应是多少只蜜蜂的生命啊！我认真地想：到底是我们养了蜜蜂，还是蜜蜂养了我们？

在春天里，万物纷纷献上最美的一面，然而最美的春色依然掩不住养蜂人的艰辛和背井离乡的苦楚。老陆说，再多的苦累都不能阻挡他和老伴追赶花期的脚步。感谢老陆给我上了一堂植物课、生物课，准确地说是一堂哲学课，很生动、很深刻，切入了我的灵魂。有时候我眼高手低，总是低估自己的拥有，偏要去追赶高不可攀的东西，最后总是失衡，落得个才华配不上梦想的黯然而终。我或者你，还得学一学老陆，踏实地活在当下为好，像他和他的蜜蜂一样，努力追赶花期，追赶春天……

丹阳听剧

我到丹阳的云阳来，原本是要听戏的，还未走进剧场，就已经在云阳的大街小巷里听到软糯的腔调了，有点像丹剧的音律，这声音有生活气息，也有戏曲的韵味。

若不是很多年前听过一场关于许杏虎烈士的曲目，我真不知道近在咫尺的云阳，竟然有这般美妙的剧种。我的初中语文老师是丹阳一带的人，直到前年我去看他，离开家乡一辈子的老人，依然用纯正的方言同我回忆着多年前的一桩桩往事。在他说那些事时，他的爱人就一直站在他的身后，微笑地看着我们交流，仿佛在说，你看，他记忆得多清晰啊！她曾经是一位丹剧演员，他们家客厅的墙壁上挂着一把琴杆呈暗红色的老式二胡。我想起他傍晚时分坐在宿舍门口拉着二胡，沉醉在《二泉映月》琴曲中的情形，想象着他与退休后的爱人琴瑟相和的幸福场景。

走进老师的书房，墙上的书法作品每一幅都是欹欹斜斜，醉意欣然，却也各有情趣。每一幅字画仿佛都在告诉我，他经历过、喧嚣过，现在就像一条溪流，一路高山大河，终于归于清寂。现在他守着书房，案上墨迹未干的书法随性而作，喜欢与否，任由他人。对于走进他书房的我，他似乎有一种生逢知己的欣慰。他乐意为我写一幅苏东坡的名诗。我倒是更愿意听他唱一段丹剧，他中性的嗓音，还有一脸的沧桑，应该很适应《岳贡缘》那样的唱词："千错万错我先错，连累你关押牢笼戴枷锁，你与我情同手足胜同胞，亲兄弟岂能效仿箕煮豆，父命难违拜花堂，苟且偷生铸大错。是我先伤兄弟情，是我愧对你养父母。贡门大恩无以报，今生今世成愧疚。秦桧老贼，你视我岳霖眼中钉，我不报家仇誓不休……"

书房的案台上有一顶冠冕，我猜想一定是师母的心爱之物，只见冠冕顶上珠光宝翠，两旁的大红流苏垂落下来，丝绦上吊着的玉佩就像真的一样。

听老师说，丹剧和周边地区的地方戏剧种的形成有许多不同之处。其他剧种的产生，都有一个漫长的母体到本体的衍变过程。丹剧则是1958年前，人为地一蹴而就的。丹阳有一种曲艺——啷当（丹剧的原身），起初的啷当艺人是由师父亲口传授，后来发展成家教形式的啷当传习所。啷当曲调约形成于19世纪中叶，流行于清光绪年间。19世纪末，丹阳便有"黄秧下田谷进仓，麦场头里笃啷当"的习俗。啷当曲调以丹阳一带的牛郎调、佛祈调、油嘴调、梅花调等民歌为基础，以丹阳方言为依托，曲调朴实优美，地方色彩浓厚。

对于云阳人来说，董永与七仙女是一段涉及云阳的美丽神话，而丹剧，是云阳人更为熟悉的土生土长的神曲。若说《砻糠记》《称婆婆》是丹剧迎接新时代文艺春天的开山之作，那么《大哥，你好》《回来吧，孩子》更是新时期受到大众好评的经典之音。有段时间，我特别痴迷丹剧，从网上下载了众多丹剧视频，听这浓郁地方特色的戏曲。有人说，它既有京剧的阳刚之气，又兼有越剧的阴柔之美。

我走在云阳纵横交错的大街上。"云阳几多街，数累老奶奶。"它们的名称也很有意思：草巷、灯笼巷、育才巷……我走在麻巷门南路，屋檐下，有个缝补服饰的小摊位，一把剪刀，一台缝纫机，几种颜色的线，成了一道风景线。旁边还有一个修车师傅，工具箱旁边摆着充气筒，旁边地上则有架子和几个内胎圈。这是不是一种文化？我一时也回答不上来。突然，听到一个小院里传来隐隐的二胡声，所拉的曲子正是我熟悉的丹剧。透过镂空的残墙，我看到院里有一个赤着臂膊的男人正陶醉其间。

我就要离开云阳了，从附近一家店铺里传来一个女人铿锵有力、粗犷豪放的唱腔："看长江，战歌掀起千层浪；望山城，红灯闪闪雾茫茫。一颗心似江水奔腾激荡，乘江风破浓雾飞向远方。飞向高高华蓥山，飞向巍巍青松岗……"

一畦蜜甜的油菜花

从我少年时的家到前陵中学，约莫两公里。

我家在村东，学校在村西，上学途中要跨过一条涧。之所以说它是涧，是因为它还算不得一条河。丘陵地带的人没有见过大江大河，但凡比田渠大的溪流都以涧冠名，这个村也是以涧来命名的——涧西村。这条涧流霞泻翠从西面的小山处来，一折弯奔东而去。水浅处，一滩滩大大小小的卵石拱出水面，在阳光下泛着黄铜的光泽。过涧时，有高低的落差，踩着前人的大脚印，一跃而上或下，也有胆儿小的不敢跳，禁不住同行人的讥笑，只得硬着头皮、鼓起勇气，一慌神脚底一滑，整个就掉进了水里，又引来岸上的一顿好笑。衣衫湿了，书本也湿了，湿哒哒地摊在窗户上足足晒了一天。说也奇怪，滑落水涧之后，竟然再也不失足了。

过涧下坡，眼前是一片开阔的田野。

这片田野叫大田，在这片大田里也有我家的两亩多地。几年时间，我日复一日往返穿行于这片田野中，因此，我的成长过程中，填满了这片田野四季的景色。

阳春三月，一脉春水从西边袅袅婷婷地流过来，推开一道道田埂的门槛，如果水流不够，还有一条专门从水库引来的清水，将一畦畦瑟缩的春寒漾成一汪汪秀美的春波。阳光暖暖的，田埂柔柔的，我光光的脚丫印在田埂上，是一长串毕毕剥剥的豆荚花。要是有人在田埂上"哦嗬哦嗬"地扯开嗓子喊起来，那就意味着秧田里的秧门要开了。于是，千万根秧苗插进软软的春泥里，触痒了映在水田里的深邃的蓝天。便有媚人眼神隔着田埂一苑一苑地抛，便有田歌冲出嗓门愉快地飞……唱着，唱着，田野上就一畦一畦地绿了。

有一年，在外地读师范的小阿姨来帮着干活，被这四野的景色和人们的热情感染，竟然忘记了防备水里的那些坏家伙——蚂蟥，待到腿肚子生疼时，已叮上了好几条。小阿姨一脸惊恐地大叫，旋即跳起来，噼噼啪啪地击打着泥浆。天空在旋转，水田在旋转。而水田里那些笑得呛出泪水的乡亲们怎么也想不明白，满肚子墨水、将来还要成为教书先生的城里人，竟然这么害怕一条平常的蚂蟥。

稻子金黄，一道道金黄的稻浪在田野上绵延起伏。热辣辣的南风吹拂下，一株株饱满的谷穗仿佛将出阁的少女，羞涩地低下头，等待着镰刀开口说话。那时的我，竟然有一个特殊的假期——忙假。忙假、忙假，收获庄稼，我便与小伙伴们一起走进稻浪里，收割着一串串稚气的笑声和生活最初的艰辛。

最让我迷醉的，是这片田野上盛开的油菜花。

九油十麦。秋收后恰好赶上种油菜。人们又开始使唤耕牛，将刚做完丰收梦的泥土推推搡搡地翻转开来，耙碎、整平，齐整整地锄成行。种油菜和插秧相比，要省力不少。每年季候一到，我也跟在母亲身后，一步一侧身地播撒着油菜种子。这些默默无闻的种子，像棋盘上的小卒，破了土、过了河，就能勇往直前。油菜种子接上地气不出半月，就冒出了星星浅芽。随着节气的推移，又慢慢由浅绿变成浓绿，顶着三九严寒，一枝一叶地往上蹿。来年二月，一阵能冻死黄牛的倒春寒，竟然在这片绿野上催开了朵朵金黄，如霞如雾，如锦如绣，报道着早春沁入心脾的甜蜜。

金黄的油菜花给予了我一种蜜甜的感觉，就像蜜蜂酿蜜一样，我也觉得自己是这种美好的创造者。我的父母也是，村里的老老少少也是。

也许，当时的我尚未意识到，这片流金淌蜜的大田其实就是岁月陈设在心里的一罐蜜酿，愈是久远愈是香甜。每次走过这片田野时，我总有一种飘飞感。为了保持这种感觉，每回在上学和放学的路上，我都是独自一人模仿着佐罗或者克塞奔跑的姿势，在田埂上飞奔，秆秆油菜也模仿着我的样子，朝身后沓沓地奔去。有一回，我跑累了，就用书包作枕头，躺在一条细草茸茸的田埂上歇息。我看见一线窄窄的天空撩开浓密的油菜花，把青翠欲滴的蓝滴到脸上、嘴上；还看见一朵朵油菜花停在半空中，像一只只亭亭的蜜蜂，嗡嗡地叫唤着，却不愿飞走。

我这一歇息不打紧，害得母亲满田埂寻找，终于在天黑之前，在一片油菜地里将我找到，然后拧着我的耳朵不放手……

　　时光如流水，如今只剩下一些老人、孩子留守着空旷、寥落的村庄。种田的人越来越少，油菜花也日渐稀疏。站在斜刷着暮晖的田野四顾，昔日捧金拥翠的田野一片寂静，田埂上杂草丛生。这个村庄像一个巨大的空巢，陪伴它的只有孤藤、老树、落日，以及无边无际的落寞和怅惘。

　　谁来再酿制一畦蜜甜的油菜花？为我，为村庄，为这些老人和孩子。

母亲的绝技

5月7日，周六的晚上，妻子一再叮嘱我明天一定得给老妈打个电话问候一声。我说："为啥？""因为明天是母亲节！"妻子的语气毋庸置疑。"电话多虚啊，要不咱们来点实际的，给老人买束鲜花吧！"

第二天上午，妻子果然买了一大束康乃馨，陪着我回家看望父母。父亲酸酸地说："你妈眼神不好，再漂亮的花儿也看不清，多浪费啊！"我说："我妈一辈子喜欢花花草草，她闻得到，就值！"

母亲照例在阳台上"练功"，一招一式，认真严谨。那是从广播上学会的一套保健方法，据说可以活络筋骨、降压降糖。她非常"迷信"这套本领，每天风雨无阻地练习，不敢有丝毫马虎，好像小学生认真完成老师布置的作业题。

我把花儿送到母亲的鼻尖，母亲说："好花，真香！"

母亲的眼睛可能是年轻时落下的病根，视力逐渐下降，所见都是模糊、朦胧的。想起来我是满心愧疚，她一辈子没出过远门，每当在外游历的时候，我总忍不住从心底生出一丝悲凉，若将母亲一起带来，该有多好。

和母亲说起这些憾事，她只是左顾而言他："我虽然眼神不行，但能力和体力都好，你们出门了，把孩子交给我一百个放心。"

这就是母亲的话，如此境地，想着的还是如何减轻我们的活。

是啊，这一生，吃穿住行，无时无刻不被母亲惦记着、照顾着。

儿时，村里几乎家家都有一台织布机。从秋天开始，母亲都要织几匹棉布。我记得织布机就在堂屋靠东墙那儿放着。织布时须手脚并用，协调配合，有条不紊，没有经验的人会手忙脚乱。一支梭子，如一条鱼儿，穿过条条密密麻麻的纬线，从右手瞬间抵达左手，脚踩下面的一个踏板，打纬刀"啪"的一响，接着又从左手瞬间抵达右手……一套动作的完成，需要干脆利落，不能拖泥带水，所谓"往来如梭"，即是指此。如此循环往复，周而复始，直至一匹布慢慢织成。

张之洞有言："经纶天下，衣被苍生。"我极喜欢这句话，织布这样的小事，在母亲的手中，有着深厚的情怀，小事情照样也有大境界。

棉布织好了，做新衣。新棉袄、新棉裤、新棉鞋，上下一新，新天新地。新新的，暖暖的，等着过新年。

在我们这里，织成的棉布叫作粗布。有一句俗语：真吃还是家常饭，真穿还是粗布衣。是说世俗家常生活的恒常美好。母亲常说，如今一日三餐吃的倒是家常饭了，粗布衣你们却穿不上了。她说着这话，语气里充满了叹息。

在吃上，母亲也是操心一生，厨房是母亲一个人的舞台。她做的煎饺是一绝，吃起来妙不可言，回味无穷，以至于有一次我忍不住和她说："真想吃您做的煎饺啊！"

午睡的梦里都是煎饺的味道，醒来的时候还咂吧咂吧嘴，意犹未尽。

起床后，看到厨房里的灶面上竟然真有一盘飘香的煎饺，这不是梦，是它的香味飘进了我的梦里。那是母亲做的，我仿佛看到她瘦弱的身子在朦胧里摸索着，切菜、剁馅、包饺子，指挥父亲煮饺子、捞饺子、煎饺子。就为了儿子一时贪吃的念想，她在厨房里折腾了两个多小时，靠经验恢复着自己的厨艺。

母亲在朦胧的世界里，一路有光；母亲在平淡的生活中，一路有心。

上学的时候，我比较贪玩，和同学们去网吧总被母亲抓个现行，也不知道是谁去通风报信的，她总是能准确无误地逮个正着。母亲独具慧眼，偶尔想撒个谎出去撒野，总能看穿我的那点小心思、小伎俩，只要和她对视，一嗔一喜都逃不过她的眼睛。

我受到的一点儿伤害和委屈，在她眼里，就像衣服上掉落的扣子，或者破了的洞，她总是无声地为我缝补，再悄然用她的爱熨平。

我的松柏老师

1989 年下半年，我读小学五年级，学校调来了一位新老师，他身材瘦高，皮肤白皙，谈吐温文尔雅，常穿一身清爽的中山装。他就是我们新的语文老师，每次来上课，除了腋下夹着语文书和备课笔记之外，他还会端着一个木制的粉笔盒。据说，他是去某个大城市进修过的，古诗也好，散文也罢，他的讲解不再空洞、乏味、无趣，略带乡音的普通话抓住了我们的心。他的出现，就像山里吹来了一阵清新的风，吹开了孩子们尘封的世界，那初识的汉字、久违的古诗，让我们大开眼界。

松柏老师常说："你们虽然是乡间的野孩子，但是也要有一颗出人头地、济世报国之心。"对于他当时的这番话，我的理解有点像黄梅戏《女附马》中的一段唱词："中状元，着红袍，帽插宫花好啊好新鲜。"

松柏老师检验大家学习成果的方式有两种，一种是每月一张考卷，那个年代的试卷都是老师辛辛苦苦、一笔一画用铁笔在钢板上刻出来的，然后经由古老的油印机印刷制成。松柏老师的字写得特别好，如果以书法协会的级别来定级的话，他的字起码是省级的。同学们调皮，考试之前大胆地问松柏老师："明天的试卷是深还是浅啊？"他微微一笑："那就看我的功力了，我的手用力呢，试卷就深一点。如果没劲呢，试卷就浅一点！"大家一声叹息，松柏老师则在大家大失所望的眼神中优雅转身，消失在走廊深处。

另一种就是每周三下午的作文课，现场命题，当场写作，两堂课连上，相当于一场"小科举"。乡下的孩子，莫说三百字的作文，就是一百字的日记都写得结结巴巴。某一堂课上，松柏老师布置了一道作文题——"我心爱的＿＿＿＿＿"。这题目显得他特别好心肠，因为他说："这个作文很简单，你们可以写我心爱的一本书、心爱的小动物、心爱的玩具……"他的好心并没让我们觉得轻松，大家咬着铅笔头，开始绞尽脑汁，想尽办法把作文本上密密麻麻的格子填满。

我恰巧有一辆电动玩具警车，这玩意就是放到现在，也是非常稀罕的，是父亲花了40元"重金"从上海买回来的。这玩具说精致也精致，说巧妙也巧妙，从外观上看就是一台迷你版的警车，装满各种型号的电池，打开开关，红蓝相间的警灯闪烁、迷你版的警笛呼啸开来。最让人不可思议的是它在行驶过程中碰到任何障碍物，都会自动转弯，且行驶的过程当中还会突然停车，驾驶室的车门缓缓开合。这样的玩具，我不能不爱，也不能不写，其实我的内心或多或少还有一点炫耀的小心思。虚荣心嘛，小孩子也有。

作文本恭恭敬敬地交了上去，我这回倒是非常期待周三的语文课了，在我看来，这玩具不光能带来快乐的童年，或许还能带来老师的一番表扬。终于盼来了周三的作文课，照例松柏老师捧来所有人的作文本，在下发之前，他简单地讲解了上一篇作文的写作要领，提出作文内容要真实、用词要准确、感情要丰富。接着，他点名表扬了几位同学，我竖起耳朵听，好像没有听到自己的名字。想想也罢，成绩比我好的同学多着呢，哪能凭一篇作文就入了松柏老师的法眼呢。

作文本终于到了我的手上，我迫不及待地打开它，作文题目上方潦草地写着"80"，文末一行遒劲有力的红字映入眼帘：你不可能有这样的玩具！我火热的心一下子掉进了冰窖，松柏老师言下之意，要么我是天马行空地想象了这个东西，要么这篇作文是从别处抄袭而来。课上，我盼着明天早点来到，好带着我的玩具当面和他"对质"一番。转天一大早，我瞅准松柏老师进了办公室，就悄悄跟在后面到了门口，我大喊了一声"报告"。他倒水的动作停顿了一下，"进来"，他抬头一见是我，"小唐军，你……"未等他说完，我就高高托起玩具车递到他面前："朱老师，这是我的玩具车。"他一愣："啊，好，来让我见识见识。"说着话，他用手指了指地面，示意我演示。"老师，这红砖地面不平整，办公桌上更好一点。"他可能没想到这车这么娇贵。"好吧！"他放下手中的茶杯，将办公桌上一堆书和本子推到一旁。我将玩具车放在桌子中央，车子在办公桌上开动起来，开门、转弯、倒退，我在文中描写的每个细节、动作都没有落下，响起的警笛声引得隔壁办公室的老师们也来围观，窗户外也挤满了一帮好奇的同学。老师们啧啧称奇，松柏老师也捋着他那不像八字的胡子，摇头晃脑地说："还真有这么高级的玩具啊！"

作文风波之后，我作文本上的评语字数明显多了起来，多半是松柏老师鼓励和认可的话语。现在想来，若不是这一场作文风波，还有我敢于挑战的无畏感，我可能会永远迷失在自卑的海洋里，哪敢再做什么作家梦啊！

前几日，看到一位发小发了一条"前陵小学"现状视频的朋友圈：小院杂草丛生，墙壁脱落斑驳，松柏树也不见了踪影，满目都是荒凉。我怀疑这三十年光景，是否像《枕中记》一样，是自己做的一个梦。梦醒处，校园尚存，人间依旧，黑板上隐约可见的"好好学习，天天向上"仿佛见证了太多荣耀与悲凉，也见证了一条通往功名繁华之路的缥缈与沧桑。

此刻，我想起松柏老师说过的一件关于他写作的事。初春的一个夜晚，他想起了桃花，桃花妖艳，灼灼其华，灵感乍现，洋洋洒洒写了千言。等他写完文章，感觉到外面下起了雪，推门而出，果然雪白了屋顶，白了树梢，白了世界。大半个月亮被疾走的薄云擦了一遍又一遍，发出钢一样的清辉。他自言道："雪来到人间，无声无息，润物无声，有为与无为尽在这一隐一现之间。"

在白雪融化之际，我看见松柏老师身上具有令人敬畏的辉光，连同深沉的气质，无法复制。他的内心，永远是一片广袤的牧场，一个充满诗意的远方，一个未知的值得探求的世界。

远方

盛京记

　　在南京禄口国际机场，我茫茫然拿着一张薄薄的登机牌，就像拿着一张入学通知书一样，既兴奋，又渴望。自己即将到达的是怎样一座城市，是否繁华中透着淳朴，沧桑中透着悲壮？好在，两个多小时后就会有答案，我走入机舱，想着"一起一落"之间就能融入一个全新而陌生的城市，脑海里飞舞着各种各样的念头：文学的、电影的、现实的与虚构的。我不像是一个游客，倒像是一个穿越历史江湖的游侠，一个投奔信仰或爱情的进步青年……

　　走出桃仙国际机场大厅，东北的气息、面孔和腔调扑面而来，一些热闹的广告牌进入我的视线，我略略一愣，好像认识它们。和很多城市一样，沈阳的迎宾大道开阔而平坦，这或许是初来者的第一印象，也是这个城市与众不同的气质。什么气质，透过她的名字，其实于我来说是一种言说不清的感情。

　　去一个陌生的城市，是因为向往她的美，将行动注入勇气、注入不竭的动力，就像飞机起飞时，有股强大的推力在后面推着你，一飞冲天。踏上陌生的土地，就像推开了深锁的后花园，奇花异草、奇珍异宝尽在眼前，是梦又不是梦，是真又不是真，只心心念念一句话：沈阳，我来了！

　　这场千里奔袭，还固定了我对北方整体的精神印象，无论于地理或人文，它都让我想到了"辽阔""苍凉""豪迈"这些词。较之南方的绿色和诗意，这里有灰色和理性，就像五岳之首，少灵秀，但巍巍然、磐石巨制，形貌、质地，尽显"王者""社稷"之相。

　　站在沈阳故宫前，条件反射地想起努尔哈赤。在我的内心，沈阳故宫和北京故宫是无法比拟的，它的存在更像是一个普通的宅子，一个胜利者的庭院，只是这座宅子和庭院，有着王者气概。我再次翻开《努尔哈赤全传》，烽火烟云上了头，野心勃勃的女真族在黑土地上厉兵秣马时，明王朝的"无赖儿郎"们却在醉生梦死。1644年后，反清复明的曙光，曾使我激动不已。一曲《桃花扇》，使我怒发冲冠，恨不早生三百三十年，与满族人决一战。然而，沈阳故宫之行，在导游娓娓道来的解说中，我渐渐明白，明灭清立原来合情合理、顺理成章。

论勤政，沈阳故宫的努尔哈赤日夜操劳，而北京故宫的朱翊钧却二十多年深居后宫，连辅政大臣都见不到他；论才能，沈阳故宫的皇太极文功武治，而北京故宫的朱由校却沉溺于木匠活；论团结，沈阳故宫的福临与睿亲王多尔衮、郑亲王济尔哈朗两位"摄政王"齐心协力，而北京故宫的朱常洛及嫔妃、大臣却囿于"梃击案""红丸案""移宫案"中；论体制，沈阳故宫的主人实行以八旗制度为核心的军政体制，修"十王亭"，君臣合署办公，而北京故宫的主人却性格多疑，擅杀忠良，重用奸臣，宦官乱政。

一个挖人参、采蘑菇的山寨草根，联合十三个伙伴起兵创业，经过六代，而成为拥有广阔版图的大帝国，还有什么困难不能克服，还有什么障碍不能逾越，还有什么敌人不能战胜，还有什么事业不能成功呢！

沈阳故宫的励精图治，可珍，可贵！

这一路，我走过了沈阳故宫、少帅府……世间事，由远及近，尽在眼前。罗兰·巴特说过：风景不仅是可访的，还必须是可居的。就是说，风景要让人产生精神和文化上的认同感，使人能够在那里住下去，有种新家园的感觉。

沈阳，给了我良知和血性，让生命焕发出了青春的模样，这是黑土地的赐予，也是黄皮肤的共鸣，更是新家园的呼唤。

愿做兰州一游子

　　一条河，一座桥，一本杂志，一个坐标，一声远方的呼唤，兰州在我的心里就有了独特的气质和风情。李修平的《兰州味道》，于我，更像一封邀请函，于是在盛夏的一个清晨，我迎着黄河而上。

　　列车载着久居江南的我，一路飞奔，这一路是扎眼的横无际涯的黄土；这一路是连绵不断的黄山；这一路是零零星星、三三两两散落于山坡、山谷、山洼间土黄而低矮的民房或村庄，偶现一星点的溪水或山泉，使得我不敢相信即将奔赴的是叫作"金城"的城市。

　　置身于如意形状的甘肃大地，沿黄河而悠长蜿蜒的兰州，我感于她虽没有北京宫阙连绵的厚重，没有上海高楼林立的繁华，没有南京六朝古都的沧桑，但我似乎没有陌生感，似曾相识，油然翩至。

　　若说黄河是中华民族的根，那么中山桥则是兰州的魂。我解下行囊，奔向中山桥，想一睹"黄河第一桥"的风姿。一场雨不期而至，不知算不算为我这个远道而来之人洗尘。总之，凉爽感扑面而来，即使是盛夏，兰州的太阳也没了脾气，兰州城就是如此的清凉。雨不紧不慢地下着，我在雨中散步，酷热难解的心绪、俗世纷扰的惆怅，在雨丝自上而下的洗濯中，已解已合，作茧自缚的心性也借着凉爽消弭。这里没有沉闷空气、燥热气流，有的是清风習習、尘嚣尽落，在郁郁枝叶间、鸟韵虫鸣间弥漫。

　　站在桥上，隔栏观望滚滚的黄河水，心中怦然涌起一丝淡淡的依恋。从巴颜喀拉山脉涓涓汇聚的水流，不远千里万里向着遥远的大海，蜿蜒曲折着，一分一秒不肯停下追逐的脚步，又在年年月月日日、分分秒秒丝丝地滋润着炎黄子孙坚强不屈的脉搏，歌唱着华夏儿女生生不息的脊梁。伫立在现在看来并不很雄伟壮观的铁桥上，我向西遥望：黄河水不急不缓地流淌，浪花激起片片涟漪，耳际不时响着水流相互击打的哗哗声；两岸绿植或高或低地迎风飞扬，蝉贴在树上，在黄河岸的浓荫里欢唱……

漫步在黄河的南岸，我闲庭信步于稀稀疏疏的市民中间，好一幅恬淡闲适、静谧祥和的图画：人们悠然淡定，神情从容，悠悠长长的身影融于蓝天、净土、黄水间……这里还能感受兰州人特有的水车情怀，忽然一辆或者几辆微缩版水车扑入眼帘，它们虽然没有当年的水车那样雄峻壮观，但也玲珑可爱，或如车轮、磨盘大小，或如锅盖、牛肉面海碗一般精巧。它们都在鲜活的水流中转动，水花闪闪，芳草萋萋，在太湖石和黄河奇石的映衬下，吱吱咕咕，唱出的韵律还是那样的古朴。

不知是兰州成就了《读者》，还是《读者》成全了兰州。总之，一份杂志成了兰州的符号，这个符号让我一见就心生欢喜。人的一生贯穿两个追求，一个是求知音，一个是求归宿。《读者》恰好满足了我的这两个追求，她是我阅读的知音，也是我心灵的归宿。

《读者》对我的影响是润物细无声的，世间的杂志成百上千，然我总觉它的意蕴不一般，就像藏于荷叶最深处的莲花，静静的才是最美的。《读者》像一位智者，蕴藏着无穷的智慧，其间做人的道理值得细细斟酌、娟秀的美文值得细细品味、难懂的寓言值得细细琢磨。《读者》的底蕴"真善美"符合全人类的精神追求，《读者》的气质符合语文教学的初衷和目的，《读者》的追求标志着新时代的文化取向……封面上这三行文字深深地印在我的心间，它非杂志的广告语，却胜过千言万语，恰似《读者》践行以文育人的诺言。我不知道薄薄的杂志给了自己多少生活的感悟和写作的滋养，但有一点我相信，一本充满活力的《读者》就是一个春意盎然、万紫千红的精神家园。

何为阅读？我以为是一无所有之人的出路，也是空虚寂寞之人的救赎。无论你当下的心境如何，走入书中便能山高水阔。如此看来，与《读者》相处，便能体会到一种巨大的安宁和踏实之感。她虽囿于兰州，亦可以打开我的心灵，让黄河之水奔腾而下，让一颗心变得自由、辽阔而丰盈。

黄河是中华民族的母亲河，它孕育了生命，仿佛饱含着某种嘱咐，一粥一饭都是尘世里的修行。渐渐地，这里形成了特有的美食。一般说来，在中国说起面食，东西南北想到的不是包子、饺子、馒头，更不是舶来的饼干、蛋糕、面包，而是面条。就像时下热门的宫廷剧，美若桃李的都叫娘娘，可尊奉的皇后唯有一个。面有百种，在兰州正宗的也只有一种。要是在外地看见面馆招牌上写着"正宗兰州牛肉拉面"，不用想，这绝对不正宗，因为在兰州，牛肉面是牛肉面，拉面是拉面，不可混杂，我又学到一个常识。

"兰州牛肉面"就是兰州人与万物不可名状的悦纳与契合。据说，她的历史已经有一百年，正宗的兰州牛肉面有"汤镜者清，肉烂者香，面细者精"的独特风味。不仅如此，这面里还大有乾坤，蕴含着"玄学"：一清二白三红四绿五黄。有一清（汤清）、二白（萝卜白）、三红（辣椒油红）、四绿（香菜、蒜苗绿）、五黄（面条油亮）的独特之处，看似简单，入口却色香味鲜皆具，浓烈却不腻。

一艘依黄河岸而泊的船吸引了我的目光，其实并非船，而是一个与众不同的面馆。说它与众不同，一是它的位置极佳，二是它所提供的面点价格极高，两个"极"更让人心生探究之意。我选择了一个临窗的座位，这样，从巨大的玻璃窗，可以看到对岸白塔山的全貌，也可以感受到"黄河之水天上来"的气势，世态光景有静有动，大抵如此。

不一会儿，一碗热腾腾的浆水面呈到眼前。据说，浆水面源于陕西汉中，相传该名是由汉高祖刘邦与丞相萧何在此吃面时所起。浆水经菜叶发酵得来，其味酸、辣、清香，别具一格。然兰州浆水面不同于汉中浆水面，其突出为汤清且酸爽，将细面放入冰爽的浆水，上面只放呛好的一抹香菜和几粒花椒，色香味俱全。我颤抖着双手接过这大碗面，碗中的面条仿佛就是我的整个世界，面香、牛肉香，还有葱香、辣油香，一股脑地涌向唇齿口鼻间，嘈杂的面馆似乎也在这浓香中噤若寒蝉。刹那间，面对值得凝视和深品的珍味，我觉得应该感激这位不知名的厨师，是他用心烹制的这碗面，满足了一个食客的味蕾。在咀嚼间，我忽然想起听过的一种说法，说是兰州人做拉面时，为了让拉面更富有弹性或是韧性，会放一种叫作蓬灰的东西。一座城好比一个人，在悠长的时间里，也有了它的表情。一方水土养育一方人，应该是指假以时日，一个地方会动用空气、温度、风、水、土质等，最后和最重要的食物一道塑造出一款款与众不同的民风和民性。想到西北的人们，把荒漠之地生长的蓬草烧成灰，撒进面粉里，并融入自己的食物中。是不是因为这样，兰州人才有着如蓬草般的坚强生命力，让拉面走过了世间的沟沟坎坎，生长于世间的角角落落呢？又亦如这拉面，在千百次的揉捏拍打间，他们的生命被拉得如此细密绵长，分明有力。

这个盛夏，我立于黄河岸边，不想走了，就不走了。在水一方，在水之湄，在水之涘，希望开始悠远绵长、诗意苍苍的生活。风，携着黄河的气息，漫过曲径街巷，漫过四季日月，使山水环绕的金城越发显出一种宏大的格局来。我在黄河边上坐着，像一个归乡的游子，久久不愿离开。

扬州暮雨

在唐朝的诗人中，王维是一个特殊的存在，他的诗渗着禅意，流动空灵。苏轼评价他的作品：诗中有画，画中有诗。现代的诗人、词作者大多继承了他的手法，就像这几句歌词：琼花白，茉莉香，还有窗外千年的月光/拱桥边，杨柳岸，烟花三月最美的地方/油纸伞，青石巷，还有心中最美的姑娘/西湖瘦，思念长，春江明月醉美了梦乡……短短几行字，扬州犹如一幅画作展现在眼前。

江南是不能缺少月光的，就像思念家乡不能缺少月光一样。对我而言，江南是一种文化情结，而不是一个地理概念。在我的文化想象中，古典的江南淡绿浅青，红肥绿瘦，永远都是春节初生的颜色，哪怕冬天也是如此。

或许是因为杜牧的存在，扬州总有一抹悲情的色彩。"十年一觉扬州梦，赢得青楼薄幸名"，成为无数文人挥之不去的梦魇。

扬州真正有名的时代，是从唐朝开始的。高祖年间，扬州治所由南京过江北上，扬州终于取代了曾经的广陵、江都等称呼，并作为淮南道的首府，成为江淮一带最耀眼的城市。

流落着，我居然到了扬州。看垂柳依依、听清风流水时，突然有一种模糊的感觉，这里是江南，还是江北？她与苏州有什么不同？扬州园林和苏州园林虽然同为江南园林的代表，但如果把园林比作江南女子的话，苏州就是大家闺秀，扬州则为小家碧玉，她精巧、玲珑，可以托在手掌中"把玩"。当夜幕降临，视野开始模糊，天上悠然升起一轮明月时，我的心里升起了惆怅感和失落感，感觉脚下是一片浮云般的大地，我站在历史和现实的夹缝中，孑然于这个陌生的世界。

说到月光，不得不说《春江花月夜》。月色中有情感的传递和恒久的牵挂，"思君如满月，夜夜减清辉"。日光是爱，月色是思。思，是一种浓而不烈的感情，唯有如此，才能绵绵无尽，悠悠不断。这种情思脉脉不断，盈盈似水，一直流进张若虚的《春江花月夜》里，巧的是张若虚乃扬州人。

这简直可以说是历史设下的精妙布局，由扬州人张若虚来作这首诗，还有比这更有意味的吗？正如闻一多所说："这是一个复绝的宇宙意识！一个更深沉、更寥廓、更宁静的境界！在神奇的永恒面前，作者只有错愕，没有憧憬，没有悲伤。""他更迷惘了，然而也满足了。"是的，这里消弭了时间，也消弭了空间，面对给人以无限遐想的春江花月夜，诗人发出的是永远不会有答案的天问。可以设想这样一幅画面，在某个春花烂漫的夜晚，诗人张若虚远望江海，举头邀月，看岁月不动声色地静静流淌，他肯定忘记了脚下这片土地，渐而也会将自己遗心，却将一种无处安放的孤独倾注全身。

我在扬州的日子悄然而短暂，有时竟然觉得不在城市里，而是身在汪洋中，在努力地泅渡，寻找可能上岸的木头。打个小小的比喻，"潮落夜江斜月里，两三星火是瓜洲"，即使能够到达陆地，也是数十公里外的西津渡了。

其实，我到达扬州的日子，并不是最适合游玩的时节。我来的目的，很简单，就是欣赏她的幽秀。说一个地方幽秀，往往是说她很小。扬州就是这样的微型江南，小得如同江南的一片绿叶，一阵风吹来，笑盈盈地摇手，就在小小的树叶当间，还有茶馆、酒肆。我去吃早茶，几张方桌都有三三两两的茶客，拢在他们手心的苦茶冒出隐隐约约的白气，总感觉怪怪的。我遥想起当年的扬州，街两边都是一家家的"原住民"，屋子里都垂着昏黄的灯。如今，"原住民"大部分走了，满街都是在叫卖蟹粉狮子头、炝虎尾的商贩。我好像是在桥畔，也好像是在水滨，一墙挡住了去处，一抬头，"冶春茶社"四个字映入眼帘。我点了一笼翡翠烧卖和蟹黄汤包，咬了几口扬州的春色。"茶社客堪邀，加料干丝堆细缕，熟铜烟袋卧长苗，烧酒水晶肴"是"冶春粉"写下的诗行。这个扬州让我心动。

夜深人静，我沿着夜色掩映下的瘦西湖环行。"也是销金一锅子"的热闹早已不再，湖畔的柳叶还没萌芽，安静中显出几分萧瑟。一轮半遮着乌云的月亮探出头来，轻轻笼在湖面上，那场景有缥缈之感。这次的感觉有点像读《荷塘月色》，淡淡的、萦之不去的愁绪，如此熟悉亲切，从未走远，巧合的是，朱自清也是扬州人。

　　昨日的雨是暮雨，急促、凌乱，打在我的心上。夜色悄然，万籁俱寂，得到一卷宣纸素笺册页，趁旧帖，我想着辛弃疾的《宿扬州》，用骈体，这久已为人弃绝的方式，描述扬州的美，描述一段旅途客舍，描述我的闲静与盈实，细细告知你：二十四桥明月夜，玉人何处教吹箫？

桃花潭的渡船

　　我们到达桃花潭时，还不到晚上八点，却已是街灯冥暗，人烟稀少。桃花潭提前进入了黑夜，沉寂得出人意料的早。导游说，桃花潭名气虽大，但气候晚成，不像皖南那些村落熙熙攘攘。听她这一说，我倒是心生惊喜，毕竟我们是寻景而来。

　　老街狭长幽静，家家大门紧闭，零星几处亮灯的客栈大门虚掩着。我轻轻叩门，连喊数声，得不到回应；伸颈窥探，只见长廊隐隐约约。走完一条老街，才找到一家临街的人家安顿下来。出门找饭馆，准备填一填肚子，昏暗中的我们就像半夜里打更的更夫，在昏黑的石板路上与灯影为伴，阵阵秋风也让人领略了古村的冷清。看着不远处的空中若隐若现的酒幡，恍若走在唐时光景，平添了几分茫然与惆怅。

　　只见一家小饭庄还亮着灯，好像专程在等我们一样。赶紧让老板摆好一叠碗筷，有酒有肉，有荤有素，却是地道的皖南风情，一顿风卷残云，人均30元，无意间品尝的桃花潭的气息，却是十足的江南味。

　　我来桃花潭的目的很单纯，只是想沿码头走一走，念想一下李白和汪伦挥手之间的不舍，想看一条漂泊在桃花潭上的渡船。

　　虽然，明白它不是千年之前的那只渡船，依然期待。

　　果然是一夜的细雨，一早醒来，雨停了，屋檐上的水珠滴滴答答地唱着。往潭边走去，迎面而来的是一个个撑着油布伞的女子，她们或在溪边淘完米，或在潭边洗完衣，来不及看她们的面容，黄色的伞盖便匆匆远去。伞之色，就像一朵朵刚从山中采回的蘑菇，鲜艳、夺目。伞之下，只露出一双小脚，穿着在城市里早已绝迹的雨靴，发出重重的混合着泥水的踏踏声。

接二连三擦肩而过的男女，一律穿着雨靴。雨靴的水印重叠在略显褪色的小路上，路约三米宽，时而是青石板铺成，时而是鹅卵石散落其间，透着一种匠心的精致。街两边皆是两层或三层徽派建筑，间有一些低矮的平房。木门渐次敞开，咔吱咔吱的声音往深处走，像一种久违的古朴的音律于静寂中弹响，幽远而去。

潭岸水雾弥漫，白蒙蒙一片。没有炫目的阳光，没有桥，潭水显得那么深，对岸高处的凉亭，好像一个人影在挥手，像李白，像汪伦，也像万家酒店的伙计。

泊岸的船只不少，湿漉漉的，一溜过去，随水波轻盈摆动。这些船大多是昂着龙头的梭子船，装有铁质的座椅，讲究一点的船家在上面铺一层海绵，或者一层帆布。或许是经过一夜细雨的洗礼，舱里竟然漫了水。船尾是翘起的龙尾，我能想象得到它倘若摆动起来，一定是灵动飘逸的样子。两艘高大的游船极其醒目，船顶雕龙画凤，船舱雕花窗格四周飘着淡红色的丝绸彩带，挤身在简陋的篷船边，也没有什么不合群。在桃花潭的包容之中，华丽与朴素映衬，仍然单纯而宁静。

突然，看到对岸摇来了一只木篷船。导游说，这是潭上为数不多的木船。我感到一种振奋，一种突来的从未有过的欣喜。昨夜进桃花潭时的冷清印象和几分落寞的情绪顷刻之间消失殆尽。看着渐似破旧、渐似孤寂、渐似沉默的篷船，我的心里充满了诗意。

美，确实需要等待，需要诚心，需要一份祈盼中的诚心等待。

这渡船简陋得不能再简陋，普通得不能再普通。没有木质的光泽和颜色，棚顶由几根木头架房梁似的横竖撑着，用作挡风墙的是几块钉在一起的木板，一个中年男人用一截木头的凹处刮动着铁缆，木船徐徐前进，为他遮挡风雨的一块蓝色的塑料布微微地飘动着。

桃花潭，长江支流青弋江上游的一段，水深碧绿，清澈晶莹，翠峦倒映，山光水色。深千尺的潭，离不开一条渡船。

上了渡船，在船头坐下，马上感觉到它的踏实安稳。如同到达了心的彼岸，顿觉亲切。它其实不小，除了两边靠船栏一线木板可以坐外，中间的空间还可以坐下十几个人。船拢岸，就到了久负盛名的"万家酒店"。一登岸，沿一条窄窄的鹅卵石道走，不知不觉到了最高处的踏歌台。想象中与桃花潭的距离，仿佛就浓缩在一条渡船上。

回想起来时，岸边李白的雕像在淡薄的霞晖中已经若隐若现，诗仙的气质、举杯的豪情尽显，他留给汪伦的却是看不真切的背影。李白为何因一潭水引发那么动人的故事来？我始有所悟，承载着太过沉重的情感，让人感伤的是一条渡船永远也载不完道不尽的情愫，让人感动的是"请君试问东流水，别意与之谁短长"的留别。

　　离开桃花潭时，正是中午时分，穿过小街小巷，发现很多经营纪念品的超市，有油布伞、纸伞、宣纸、毛笔、砚台、手工绣品。我忍不住买上一叠线装的宣纸本和几管毛笔，以示对泾县这片土地上物产的敬意。临走，才知道自己忽略了桃花潭的热情和深情。

　　一路上，想着的还是那条渡船。船身上的那些缝隙里必定塞满了诗人和读者的百般念想，还有酒家和酒客的千年情缘。

　　一条简陋得不能再简陋、普通得不能再普通的渡船，让人再三回望。

　　今夜，看着案头的宣纸，我想，除了写李白的诗、汪伦的歌、万家酒的香、桃花潭水的情，还能写点什么呢？是了，还有那只渡你又渡我的船。

在枣庄，听《铁道游击队》

人在感到甜蜜的时候，就会变成孩子。人到中年，依然有这样的感觉，是源于我喜欢怀旧，喜欢想起孩童时的各种美好。在我想来，怀旧不是用来感伤的，而是用来防范当下不悦的情绪。遥想，三十多年前，一台飞跃牌十四寸黑白电视机的到来，拯救了我童年的暗淡。电视机成了心中神圣的物件，每天都被我用干抹布擦上数遍，银灰色的电视机焕发出一种锃亮的光泽，与木质的褐色、墙壁的白色，于对比中唤起快乐的气息。

感谢那个物资匮乏的年代，感恩那个朴素无华的生活。光阴似水，无痕的岁月给我留下了那么真、那么纯的记忆。有人说，回忆是无聊时的念想，可是无聊即有聊，念想即过往。此刻经历的种种，总会和回忆交织、相伴。就像今天，我来到这个叫作"枣庄"的地方，回忆之妙帮我唤醒更多甜蜜的微笑，与她似曾相识、神交已久。

枣庄因何得名，我猜想，莫不是和枣树或枣有关。当地的朋友告诉我，过去这地方就是因为枣树多，取名枣庄。这样直白的地名，可见这片土地上的人们是多么的憨厚和实诚。其实，让枣庄扬名的不光是枣树，还有那部家喻户晓的电影《铁道游击队》，还有那首深情的歌曲《弹起我心爱的土琵琶》。

想着白天走过的铁道游击队纪念馆，回忆的洪流一下子将我冲到了三十年前。

那是一个放学的傍晚，我特地走进了村口的供销社，因为这里有书卖。阳光已经微弱，不过仍斜斜地插进屋里，丝丝光线在货架上游弋，一起游弋的还有各种气味，说不出是咸味、甜味，还是塑料味。十几本书被搁在玻璃柜台里，有几本书的书角还翘着。我浏览了一下，有几本不完整的《霍元甲》，但唯一让我心动的是两本《铁道游击队》小人书，书被挤在最里侧。柜台里的售货员见我入神，便走了过来。我指了指《铁道游击队》，她俯下身，把玻璃门打开，取出一本递给我。她看了我一眼，问我想要哪几本？我问她有几本？她说一套有三本。我一看定价三毛钱，犹豫瞬间变得果断，我用手指点了点玻璃，"全要了！"不知道自己当时的底气从何而来，是对小人书的渴望，还是兜里揣了好久的那一块钱？

三本小人书，给了我一段快乐的童年，尽管不知道枣庄在何方、微山湖在哪里。当连环画粗糙勾勒出的人物形象逐渐模糊之时，经典的电影《铁道游击队》又被拍成了电视剧，立体的、有血有肉的老洪、芳林嫂、李正再次出现。我从与无声无息的小人书为伴，到与有形有声的电视剧为友，每天守候两集电视剧的心情是迫切的，那个劲头不亚于深夜守候世界杯的当代球迷。雪花闪烁的黑白电视机，时常在精彩处莫名罢工，我最绝的办法就是对其拍打拍打，起初还有点灵光，里面的小鬼子像是被我拍醒了，又好端端地演着戏。也有不灵的时候，任我敲打又敲打，屏幕闪来闪去，无聊加性急，那焦急的心啊，不输于错过了最后一趟航班。那一夜，自顾自地想着老洪有没有被日本鬼子抓去、莽撞的鲁汉有没有犯浑出错、彭亮有没有受伤……

今晚，抵达了枣庄，我不知道今晚住的酒店与当年铁道游击队战斗的地方有多远，白天的一场"情景再现"，呼啸的汽笛、密集的枪声，让我身临其境。我没有想过能与《铁道游击队》中的人物有这么近的距离，那曾是我遥不可及的地方，也是我无法抵达的前线。导游说，这里每天都会上演情景剧，尽可能地还原当年的情形，让四面八方的"铁道游击队迷"感受震撼的火车声和枪声。洪流退去，仿佛过去的岁月从未落幕，"打洋行""扒物资""劫火车"，这一场场血与火的考验，以艺术的形式在这里再生和永恒，我像一个追随者，在悠长的鸣笛声和消失的枪声中，练就了与日寇搏杀的胆量。

假如再回到那个烽火连天的年代，我会毅然加入铁道游击队，与林忠、王强为伍，一道爬火车、开炭厂、打鬼子。我还想跟着小坡学唱《弹起我心爱的土琵琶》，不过，我这跑调的嗓子，不知道小坡能不能看得上？可话又说回来，抗日还得靠"舍得一身剐，敢把鬼子拉下马"的勇气，这个我有！

今晚，喜马拉雅 App 里的声音依然动听悦耳，《铁道游戏队》的传奇依然扣人心弦。夜色松弛，晨曦浮滑，在这个枣树成荫的地方，我听到了《铁道游击队》的故事，也听到了枣庄最真实的声音。

小坡的微山湖

　　《铁道游击队》，在小学学习这篇课文之前，我已经在小人书里把这个故事熟记于心了。小人书画得多么好，画得那么朴实贴切、鲜活生动，一看就入眼入心，那些画面就此一生不忘。细细地看，每一幅都十分完美，每一个人物都栩栩如生。她的好，是润物无声、沁人心脾的那种好。

　　虽说是惊心动魄的抗日故事，原作却富有生活的神韵："这场春雪下了一天多，将要发芽的草根都埋在半尺深的雪里了。低洼的地沟被填平了，小树丛青色的枝条，从雪堆里露出尖梢，在寒风中抖动。"小人书也是这样画的，飘飘散散的雪花漫天飞舞，那是冬日的枣庄，处处有着煤乡的气息。作家刘知侠对游击队充满感情，他对游击队的爱不仅写在了小说里，还被其他人延续，写在了脍炙人口的歌词里："微山湖哎，阳光闪耀，片片白帆好像云儿飘，是谁又在弹响土琵琶，听春风传来一片歌谣。哎嗨哟，哎嗨依儿哟，俺铁道游击队，为国为民立下大功劳嗨哟……"还有那首婉转动听的歌曲《弹起我心爱的土琵琶》里。读铁道游击队的故事，我总觉得作者心怀悲悯，落笔不忍，才让队员们在冈村的包围之下，一次次顺利撤退。但他说，在那个年代，像铁道游击队一样的部队有很多，它只是其中较为出色的一支。

　　虽然是在战争时代，但队员们依然轻快悠游，如云在天，特别是在微山湖安然驻扎之后，和湖边的老百姓打成了一片，名义上的保长、老冯头，甚至是芳林嫂和凤儿，都成了游击队最好的掩护和帮手。这就是我们中国的老百姓，他们纯朴、善良、正直、勇敢，呼应着小坡心里低唱过的几句"誓复失地逐强梁，争民族独立，求人类解放，这神圣的重大责任，都担在我们双肩"。

铁道游击队队员当中，除了小坡，还有王虎、小山和拴柱。小坡是其中的代表，在第六章，小坡意外被捕，他被押回枣庄时，天灰苍苍的，还不大亮。街道上冷清清的，只有淡淡的雾气在四处上升。他望着西边埋在一片白烟地里的陈庄，想到那乌黑的小炭屋子……他咬了咬牙齿，把泪水咽到肚里，心里狠狠地对自己说："装孬种，还能行么？"他身上仿佛在增长着不可抗拒的力量。被捕后的小坡吃尽了苦头，作者却在他勇敢逃脱时，描写他快乐唱歌的情形，他枕着火车，高兴地唱道：铁流两万五千里。这句话，现在重读才领略其中意味，小坡，你在想什么？也许你还小，没有去想生命浮云泡影一样的事，但作者是想到了的，他之所想，正如小坡所想，活着一天，就要斗争一天，为死难的中国人民报仇。他望着满天的星星，听着耳边的风声，想着归队后的作为。

我想起小时候对书中印象最深刻的一句，是小坡满有信心地指着眼前的湖水说："我把鬼子都撂到这水里，让他们血染湖水。"这句话听来生动非常，神采四溢。在微山湖长大的孩子们，都是有骨气的，他们哪个能容忍家乡的湖水被玷污、哪个能容忍家乡的寸土被占领、哪个能容忍家乡的亲人被欺辱？

自从牺牲了二烈士，我就时刻担心小坡的安危，尽管他一直处在大人的保护之下。然而，越是小心翼翼，越是险象环生，子弹一次次从他耳边飞过，好在他都能毫发无伤。我想，这又是作者的落笔不忍，小坡毕竟是一个孩子，从小与他为伴的火车，还有自小陪伴呵护他的湖水引他通往安全之地。

《铁道游击队》连环画于1965年出版，画家丁斌曾与韩和平一定是去过鲁南枣庄的煤矿，才能画出夜静的小庄上边有着较别处更浓的烟雾，蒸汽似的在夜空流动，焦池的气孔在四处冒着青色的、红色的光柱，像地面上生长着熊熊火焰；也一定见过微山湖的白帆，见过小坡、栓柱的原型，才能把微山湖水画得那样波光粼粼，把孩子们的精神画得多维立体。

这些铁道线上飞奔的，在微山湖上嬉戏的，把打仗和游戏混同起来的孩子啊，永远活在我的心中！

饱得春来好邂逅

每一次向着远方的奔赴，或为事，或为物，或为人。如果特意挑了一个春和景明的时节赴约，那么这事、这物、这人，一定是极为重要的。

而我这次的千里奔赴，是为一座塔而去。你或许好奇，塔哪里都有啊，在江浙就有颇具盛名的虎丘塔、雷峰塔，即便是不知名的塔，很多县城也有。确实，塔似乎随处可见，甚至它们的作用也大致相同——象征或者希望该地人才辈出、文人多中科举。

感恩生活在这信息发达的时代，我于金陵出发，在手机上做了一半的攻略，那个心心念念的文澜塔，在我的心里已然有了大致的轮廓。

一路走，一路感悟，到达湖南益阳。文澜塔不大好见，要先体验无数的盘绕，无数的翻卷，才猛然间一个大怀抱，把无数惊艳抱在里边。看资江为砚，磨青山为墨，文澜塔就像一支笔，在大地上书写陶澍"经世致用"的一生。

说到陶澍，可能很多人不熟悉，但与之相关的人物，大家一定耳熟能详，林则徐、曾国藩、左宗棠都与他有关，甚至今日安化引以为傲的黑茶，也与他有关。张之洞认为："陶实黄河之昆仑，大江之岷也。"意思是说，陶澍就如昆仑之于黄河、岷山之于长江，乃是其最初的源头。

文澜塔在石门潭北岸的石山嘴上，距水面高约二十米。站在潭岸，看水波撞向山崖，撞得八面开花，却一波复来。没有谁能阻挡住水，水有的是深沉与激情。峡谷间，有的从石隙间横溢，有的从树根处渗漏，有的从壁端的岩洞泻下，最终汇成水深千尺的石门潭。你听，到处都在响着回声，你已经弄不明白是水的力量还是山的力量，这是水与山的诗章，是山与水的奏鸣。它阐释着柔软与坚硬，表达着向远与向上。

"云气空中接，江声足底哗。"这是陶澍为文澜塔撰写的一副对联。古塔矗立江畔，下临石门潭，塔身由巨石砌成，共七级，高二十余米，呈八角状。走近古塔，抚摸它粗粝的层面，想象当年，塔角上悬挂的风铃在江风中摇动，那清越的铃声，数里可闻。它们沐风雨，观星月，对于远在数千里之外的陶澍，一定也是心心相系的乡音。陶澍在漕政、盐政改革中经历的一波一折，都被它们从风声中识辨出来，再经由它们传递给家乡父老。而今，那些残存的风铃已经锈蚀，再也敲不出清亮的声响，但是，它们见证了一百余年的沧桑，每摇晃一下，就为我们翻开一页风云历史，为我们讲叙一段春秋史事。古塔的第一层，镶嵌着一块已经稍显裂痕的汉白玉匾额，道光皇帝御书的"印心石屋"几个大字仍然遒劲，它们穿越一百多年的时光，仍然闪现着一个臣子被皇帝褒奖的荣光。

　　从远古走来，最早浸润这方土地特质的无疑是茶文化。安化始终"不忘初心"，尊重本土悠久的黑茶文化，在制作过程中坚守七星灶烘烤等传统工艺，吸天地之精气，聚日月之灵光，将天地山川融于茶叶，终得以名扬天下。

　　陶澍从小生活在茶乡，和茶农共同劳动过，从茶苗的种植培育、生长，到茶叶的采摘、烘烤、制作的全过程，他都曾亲自体验过。对茶树的生长环境，茶叶的品种、质量，他也有丰富的知识。正是在这些生活的基础上，陶澍写出了"谁知盘中芽，多有肩上血"这样哀恸的诗句，与唐诗"谁知盘中餐，粒粒皆辛苦"有异曲同工之妙。在中国诗史上，曾有过不少描写茶叶和茶农的诗歌，但未见有如此体贴同情茶农者的，渗透着一种"哀民生之多艰"的爱民情怀。安化黑茶从边销茶发展到五湖四海普遍饮用的保健茶，陶澍功不可没。

　　一个人，是一座城的荣耀；一座塔，是一个人的风骨。塔屹立于水之畔，茶飘香于海之外。回望布满沧桑的古塔，我看到了陶澍的浩大之处，他有着水样的轻盈与清澈，还有着山样的宽厚与坚毅。

　　人生如逆旅，我亦是行人。其实古往今来，每一次美好的邂逅最终之所以能够定格在记忆深处，都有气质的内核、文化的加持。文澜塔，期待与你再来一次完美的邂逅与拥抱，如果你也正有此意，那么，就在这风和日丽的春天重聚吧。

人在腾冲

　　我生活在县城，喜欢的县城却很少，贵州的荔波算一个，云南的腾冲算一个。

　　今晚，我无意间翻出几年前去腾冲时拍的照片，蓝天、白云搅动着我的思绪，闭目神游，那一番腾冲之行历历在目。

　　风从谷底再一次沿陡坡冲上来的时候，旅游车刚驶过又一座悬崖的边沿。

　　翻越高黎贡山是一次生命的惊恐，车轮和海拔较量总是充满悬念。一车人的生死安危，全攥在司机的那双手上。好在导游说，司机是个老司机，客车是辆新客车，这多少给了我们一些心理上的安慰。盘山公路是从崖壁上硬凿出来的，上面是千仞绝壁，下面是万丈深谷，车就在这惊心动魄中蛇行，一车人被惯性操纵得东倒西歪。我不时瞅一瞅窗外，倒不是我胆子有多大，而是窗外的薄雾给了我勇气，尽管我知道窗外就是无底的深渊。车轮从悬崖边上碾过，急弯时，我甚至觉得有一只轮子已经悬在路外。人的心里就像装了七八个吊桶，有点像初次坐飞机的感觉。

　　好不容易从盘山公路的最高处翻过，又开始下坡。刹车声连连啸叫，又是一路"车在飞，魂在追"。难道好风景都要经过若干次的险途才能获得和欣赏吗？我暗自思忖。终于，窗外的景色温和了些，画面感一点点升了上来。逐渐看见圆丘、缓坡、山麓，然后是河滩与房舍。导游说，到腾冲了。大家悬着的心才放下来。

　　我庆幸自己捡回了一条命。转念又一想，不对啊，也没有人想要我的命啊。

　　到了腾冲，很累很累，头一沾上枕头就睡着了。梦里也是摇晃的，感到人还在车上晃荡，也不知摇了多久，醒来时，窗户通明。

推开阳台门，迎面一片山崖。斜对过的山道上依然雾气缭绕。有个穿红马甲的老人在那儿扫地，水汽弥漫中，像个道人在做法事。那把大扫帚，拂尘般地起起落落，没有声响，腾冲的清晨分外宁静。寂静的背景下，山道、绿树、汽车，还有散落其间的行人，看上去像无声电影。

如雾水汽的出处，是一孔又一孔热泉。我急匆匆跑过去，拾级而上，走进那片白雾。沿着山道，这里一个，那里一处，是大小不一的泉眼。池中热水涌流，水珠迸溅，热气升腾。这些泉眼都有精致的名字：珍珠泉、鼓鸣泉、美女池……冒着扑面的热气，人还没有靠近，脸庞已被薄薄的雾气侵袭。路旁水渠中的水也是热的，一路冒着白气，把整座山都裹在云雾里。

太阳出来了，照得水汽更加浓厚，再一看远处的老人已不知所终。

"遥望峡中蒸腾之气，东西数处，郁然勃发，如浓烟卷雾。"来到热海大滚锅，一群人尖声叫了起来。大滚锅里沸水泉涌，嘶嘶有声，水花起处，热气蒸腾。池中央有一眼喷泉，涌水如注，冲出水面后悠然滑落，将水花和气雾浑然糅在了一起。附近的农妇在兜售现煮的鸡蛋，这是典型的就地取材，只见十只鸡蛋装在一个用稻草结成的小兜里，将其放进热泉中，不大工夫，鸡蛋就煮熟了。这一兜鸡蛋价钱公道，与其廉价相比，这鸡蛋入口极其美味，兴许只有最纯朴的农民才能配得上自然的馈赠、最营养的鸡蛋才能配得上这天然的泉水吧。

在这不远处，还有著名的怀胎井。怀胎井共有两个，也称龙凤井，是处于同一水平面的两个泉眼。一起来的一位男同志很是好奇，像是来到了《西游记》中的女儿国，他抓起井边上的一个瓢，舀起泉水不管不顾地喝了起来。

据说，怀胎井的由来还有一个美丽的传说。相传三百多年前，朱星街大财主的儿子娶得一个如花似玉的好媳妇，夫妻恩爱和睦，但结婚多年仍是没有怀上孩子，因此女方被公婆不断歧视谩骂。时间久了，小夫妻受不了父母这般态度，无奈离家出走，两人一起前往硫磺塘做取磺工。令人诧异的是，一年后女方突然怀孕了，随即回家向双亲禀报，公婆大喜。后来，财主一家请来风水先生，杀猪宰羊，大肆祭献，并将女方喝水处用刻有十二生肖图案的石块围成"井"形，并取名"怀胎井"。

美丽的传说是否真实，我不知道，但同行的男同志没有怀孕却是真的。我想，从前的记忆不会完全偃息，总会有些东西留下来，叫人不至于彻底遗忘，比如这个传说，随着热海大滚锅传遍四面八方。除一处处热泉外，还有火山石，也将那场爆发重新提起。火山熔岩冷却后形成的火山石，出人意料的轻，轻得可以浮在水面上。它被加工成各种造型，轻盈地摆放在货架上，供游人选取。当年再怎么冲天而起，烈焰万丈，待到激情平复，大幕落下，也只能如此地化为一块块轻巧的岩石，随着水流漂向四方。

阳光从天的最高处飞瀑一般泻下来，把空气中那些轻薄的浮尘都拂净。街上行人不多，车辆也很少，和许多县城一样，只是腾冲更清爽，连杂乱与喧嚣也难得一见。腾冲的沧桑与优越感，使它带有某种与生俱来的伟岸。这种伟岸不在外表，而是像熔岩一样深蕴在地层深处。腾冲二字的词语意义是"过去时"，是被岁月屏蔽了的，它的激情藏匿在遥远的往事里。

《西游记》中有这样一句话："却能火里种金莲。"这可看作对腾冲小城的经典诠释，大可用来探寻腾冲二字的深层意义。

远处，一条便道上，一台拖拉机冒着青烟悠悠地朝城外驶去，突突的引擎声听上去有些空旷和遥远。腾冲显示给我们的，正是这样的庸常，温存而平和，简单而幸福。

在惠山，听《二泉映月》

　　很少听说一座城市，将一首特别的曲子作为全天结束的"终了曲"。也很少听人提及，每天入睡前必须听一段"就寝音乐"，方能安然入睡。这是一段什么样神奇的音乐，有这般的魅力，有这般的魔力。

　　她就是被音乐家小泽征尔称之为"我没有资格指挥，这种音乐只应该跪着听，坐着听和站着听，都是极不恭敬"的《二泉映月》。她的美如空谷幽兰，深闺佳人，她的永恒之姿只会待到知音的唤醒而翩翩起舞。

　　人到中年，听过的旋律不敢说百千，但世界的、民族的曲调不曾停息。如今，耳畔浮起《二泉映月》的不朽之音，再也不是小时候听起来的那种"忧伤"和"凄凉"。她像太湖之水，有节奏地拍打着我的身体，仿佛一双慈悲的手，轻柔地抚平岁月的伤口，虽低沉徘徊，却柔软有力。

　　我特意来到这座城市，沿着阿炳走过的足迹，想与他对话。无锡注定山水有韵，人杰地灵，每个地名都极具江南特色，光复门、新生路、崇安寺、迎龙桥、三里桥……可以想象，在一百多年前的某一个夜晚，阿炳从工运桥唱罢归来，一袭灰长衫，结道士发髻，戴着断了腿的圆墨镜，背着琵琶，边走边拉二胡，或轻快、或哀伤的琴声缓缓飘来，渐渐归于万籁俱寂，他的身影被橙黄色的灯光拉得瘦高、细长。

　　阿炳原是无锡雷尊殿当家道士华清和的独生子。华清和是无锡东亭人，中国乐器样样都奏得不差，其中以琵琶为最精。阿炳童年时期就与各种乐器为伴，十五岁即能操奏琴、瑟、琵琶，特别是二胡演奏，弓法纯熟，严丝合缝，他牢记父亲的一句话：会拉能奏一夜天，技精艺绝几十年。世事难料，阿炳患了眼疾，且一天天地恶化下去，到二十六七岁的时候，一只眼睛完全失明。如此形象的道士自然得不到同门的怜悯和有钱斋主们的欢迎，他被迫离开道门，以卖唱为生。三十五岁的时候，他彻底告别光明的世界。此后，别人便叫他瞎子阿炳，原名反倒被世人遗忘，阿炳对此毫无芥蒂。他说："华彦钧这个名字我久已不用了，你们还是叫我瞎子阿炳的好。"

一个人失去眼睛、失去光明的遭遇，是痛苦的，是黑暗的，更是漫长的。漫长而又无法排遣的忧郁就是孤寂，没人能够理解，阿炳只得"念天地之悠悠，独怆然而涕下"。

事实证明，阿炳是个坚强的人，待病体稍有好转，就身背褡裢，肩挎二胡，手握竹竿，走上了街头。他以竹竿为引，一步两探。旧社会"地无三尺平"，他经常是走一路，摔一路，有时陷在泥潭里，有时撞在墙头上。即使头撞坏，骨扯碎，他的二胡却从没有摔坏过。

惠山古银杏下面有块听松石，那一带有挺拔茂密的松林。阿炳平生喜欢松树，喜欢听松涛的声音。他常说："山上青松不怕霜，河里白鱼勿怕浪。"

这年秋天，阿炳坐在听松石上，忽然刮来一阵秋风。哗哗的松涛声，沙沙的落叶声，像呼啸的海浪。阿炳虽然双目失明，耳朵却能敏锐地分辨这些声音，只觉得心潮滚滚……他拿出二胡，挥动双臂，顿时松涛引出琴声，好像是在哭诉多舛的命运；琴声助起松涛，是他在狂风恶浪中挣扎。前浪阻后浪，后浪追前浪，这琴音，一时山穷水尽，一时绝处逢生……此时，惠山脚下的松涛，犹如千军万马在战场上来回冲杀。就是这次听松，一支名曲《听松》在阿炳手中诞生。

这天夜里，阿炳再次来到惠山，他摸索着山路，回忆着惠山秀美的景色，心中感叹人间万种悲欢，无声无息地流淌，看得见的是朝来晚归的模样，看不见的是春秋暗转的风霜。走着、想着，竟不觉毛毛细雨的袭来。俗话说"落雨不走高墩"，可是阿炳偏偏走上了一个高墩，脚下打滑，他摔得很重。正当无助之时，走来一个女人，她走上前失声叫道："哎呀，原来是阿炳先生，你怎么在这里？"说着话，伸手扶起阿炳。阿炳觉得奇怪，忙问道："你是啥人？怎么……"那女人说："我叫董彩娣，刚被店里的老板斥责，说我是'扫帚星'，一气之下，就深夜来此……"阿炳又问："那么，你怎么认得我？"那女人微微一笑："常常听到你的琴声，我几次想寻死，可听到你的琴声就不想死了！"阿炳只知道自己的弹唱是养家糊口的营生，却不知琴声也有菩萨心肠，能救人性命。在这个有雨的山中，阿炳逢难遇知音，从此有了相依为命的伴侣。

我看过一幅超有生活情境的画，画的是大风雪的天气里，两只小鸟互相依偎，相依为命，上面题有一首诗："南山有双鸟，老林风雪时，日日常依依，天寒竟不知。"都说，青梅竹马才是神仙眷侣，这大概是因为，人世间的情爱大多坎坷不平——也许她是你心有所属的神女，你却未必是她魂有所系的襄王；也许他是你一念难忘的檀郎，你却未必是他一生相悦的容姬。阿炳与董彩娣，形影难离，无论炎夏酷暑，还是滴水成冰，两人同出同归，赚了一点钱，一起享用，挣不到钱的日子里，就忍饥挨饿，毫无怨言。这样终老一生的伴侣，何尝不是一对苦有何悲、贫有何惧的"幸福鸳鸯"。

一年后的中秋节，阿炳带着二胡来到惠山脚下。他在董彩娣的搀扶下，东走，西听，走遍了惠山"九龙十八泉"，走累了，他们就坐在"天下第二泉"的龙头池旁。

泉水潺潺地流向龙头池，秋风飒飒，把枯叶吹落地面，吹到池里。阿炳抬头望望天空，问道："天上月亮亮不亮？"

"亮，又圆又亮。"

"天空啊有乌云？"

"有，乌云追着彩云，彩云围着月亮……"

阿炳仿佛看见一轮圆月映在泉水中，明晃晃的月亮照亮二泉，照亮大地，照亮了他的心窝。

这时，一阵秋风吹来，池旁一棵古树的枯枝落入池中，"扑通"一声，把阿炳从遐想中惊醒。他既愤恨又惋惜地高声连叹："圆月打碎啦，圆月打碎啦！"说着，他连忙解开褡裢，拿出二胡，用尽全神拉着，拉着……

在这个静夜里，一曲充满激昂、悲壮、忧伤、希望的《二泉映月》诞生了。我在想，莫不是阿炳听了惠山寺的钟声，唤醒了他的梦中之梦，或是亲了陆子泉的月影，窥见了自己的身外之身。可见，由此往彼，大师也没有捷径，智慧和开悟必须经历。正如不到惠山，何以见得"天下第二泉"；不走这一程，何以明白月恋水、水怀月，月泉同辉的意境。

《二泉映月》成名后，人们在介绍或回忆阿炳的生平时，都刻意回避他因涉足风月场而导致命运坎坷的经历。实质上，如果没有这段周折，阿炳充其量只是一个循规蹈矩的雷尊殿当家道长而已，终生诵经拜忏做道场。失明者阿炳，于黑暗中体悟人间的低处，世态炎凉刺痛了他的心，正是此种复杂的"低"，成就了音乐世界无上的"高"。所谓没有最低的，便没有最高的，音乐总能指向高处，照亮德性低处的血性根基。阿炳人生遭难之际，依然弦歌不辍，一如山泉，雪融就要流淌；一如草木，迎春就要绽放。

亏得阿炳有一把破旧不堪的二胡，可以将喜乐诉说，消磨放飞；亏得有阿炳的悲伤长歌，让尘世烦腻、麻木的人一时警醒，知道生命的真色、生活的本味。阿炳的人生，纵有千万种力量挖走他的双眸，折磨他的意志，摧残他的身体，但有谁能阻止他"悲愤向天问"的音乐信仰？

夜深了，月色卜的太湖水依然清澄，泛着别样的光泽。惠山下，阿炳的琴声，由远及近地传来，且听一人在说："无锡的雨啊，是我心头一缕难解的愁；太湖的水啊，是我人生一杯壮行的酒！"一个女人在旁边和道："什么愁啊，酒啊，我看这二泉的月，才是你命中一叶不沉的舟吧！"

《二泉映月》的妙音，此刻又在无锡这座城市的上空回荡、盘旋着，很多人细语呢喃："阿炳回家了，该睡觉啦！"

恭城的腔调

城市是有腔调的。这腔调有时隐隐约约，细碎模糊，羞涩迟疑；有时浩浩荡荡，惊天动地，铺天盖地。

一夜东风，连日细雨，不知什么时候风静雨止，晨起看窗外，不知是谁给天地轻笼了一层白纱。滴着雨的红豆杉，用绿色的枝条在空中作一幅写意水墨画，很文艺，是远离故乡的人午夜梦回时一缕淡淡的惆怅，是红尘里蓬垢了身心的人心底深处的一缕泥香。

此时，我身在何处？一个叫作恭城的地方。"桂林深处恭城美！"这个"深"是"桂林山水甲天下"之美的延伸和扩大。如果你靠近了，就能听到风声雨声梦呓声。鸟声穿过绿色的枝叶，穿过层层薄幕，扑进你的眉尖心上，耳朵如被叮咚的泉水濯洗了一般，满世界都清亮了。

暮春三月，这里下着淅淅沥沥的小雨，信步走到印山脚下，这里与繁华无缘，却气势恢宏。穿越六百年的时光，今天的阳光晒照在恭城文庙依然流光溢彩的琉璃瓦上，璀璨依旧。街边，我看到一群年轻人在玻璃房里，就着一盏清茶，谈着文字文章文学，脸上的每一道线条都是柔软的，那些声音字字珠玑，似门前冬青树枝丫间的雨滴。

山不在高，有仙则名；水不在深，有龙则灵。同样的，庙不在大，有圣则名。恭城的文庙即是。孔子所代表的儒家思想文化的核心内容为仁、义、礼、智、信、恕、忠、孝、悌，这些在恭城文庙都得到了体现。庙门前有一副对联生动地写着：庙殿归秀秀盈恭邑辈出文苑精英，文宫钟灵灵佑瑶鹏代有儒林志古。

北宋时期官居监察御史的周渭对家乡的帮助之一，就是开发民智、兴办乡学。《重修文笔塔碑序》记载："北宋中叶，别驾邹公浩曾谓，昭州四邑，唯恭城人士最多，谓自御史周公以来，力学知名，以决科入仕者不乏矣。"在文庙迁建的同一时期——明万历年间，瑶族贡生俸希贤倡首，与族人在恭城最大的讨山瑶聚居地势江源创办社学。历经三百多年，势江源社学培养了不计其数的瑶族学子。有统计，恭城仅是明清两朝的士人就达479人。

中国人自古就有"文能提笔安天下，武能上马定乾坤"的志向，在恭城，这样的情怀更是体现得淋漓尽致。武庙与文庙毗邻，两庙一左一右，创造了文、武庙并存的中国奇迹。

关羽在中国人的心目中，一直是礼、义、忠、信的典范和中华民族美德的象征。在这里，有世人耳熟能详的传奇故事：桃园三结义、斩黄巾英雄首立功、温酒斩华雄。

恭城武庙建筑的精华，当属位置最高的戏台。戏台除台基砌石外，上面为全木结构。台基的人物浮雕石刻，栩栩如生。台上有雕花门窗格扇和神龛，图案有如意和寿的含义。四根金柱直通顶层，重檐从中间升起，中间的藻井犹如穹窿，桁条呈放射状，工艺十分精湛。戏台没有上下台阶，看上去更像是一座演武台，亦符合"武圣人"的身份。

恭城的先民将文庙建在左边，把武庙建在右边，体现了无穷的智慧：左代表东方，为阳，是生机勃勃的象征，为尊；右代表西方，为阴，表威武肃杀之气。文庙与武庙相依相傍，表示阴阳相合，相辅相成。既崇文，又尚武，先文后武，体现了恭城的人文精神。

隔着茶江远望，武庙黄绿琉璃瓦顶与文庙的芒辉融为一体，在蔚蓝色天空的映照之下，形成了印山下金碧辉煌的光波海洋。

如今，很多城市都注重精神的提炼，常常将"崇文""尚德"纳入其中。现在看来，恭城人早就悟得了这样的真理，将文武之道注入了城市的灵魂。

午后的恭城县城，湿润的空气夹杂着花草的清香，阳光明亮得晃眼，天空湛蓝湛蓝，白云如山如原，从微寒围裹的江南来到这里，呼吸变得畅快，人也清爽起来。走在街头，看道路宽阔，高楼耸立，放眼望去，有的还在大兴土木，楼宇尚未成规模，但已让人感受到蓬勃向上的朝气和活力。于县城见到的旺景，还不足以代表当地的全貌。

走进龙眼村，一眼就能看见马头墙、屋顶凤扳爪和红墙白线条。村干部覃章延说，自清代以来，"九甲"建筑风格的三大主要元素在龙眼村很好地保留了下来。龙眼村依托月柿产业和山水环境，打造民族文化，使传统文化和建筑工艺、风格得以传承，游客们途经恭城，都会到村里来了解"九甲"文化。

龙眼村人将"九甲"文化弄出了名堂，在距离县城约两公里的天堂村，我们更惊叹柑橘的大产业。

昔日的天堂村因种柑橘，村民生活可谓丰衣足食。不幸的是，2009年，柑橘树染上黄龙病，村民被迫全面砍掉柑橘树。这对靠种柑橘谋生的村民来讲，无疑是沉重的打击。靠天吃饭，恭城确实先天不足，但恭城有的是不认命的人。2010年，老百姓通过自筹资金，建成了物流仓储基地。令人喜出望外的是，仓储生意异常火爆。首战告捷，村里又成立了合作社，重振了柑橘产业雄风。

离开天堂村，一路上我都在回忆村书记卢华宾带领大家致富的创业史。我想起唐代韩愈《争臣论》一文中所赞扬的那些不求于闻用，得其道不敢独善其身，而必以之兼济天下的古代圣人贤士。卢华宾固然不能与那些做出了轰轰烈烈事迹的古代圣贤相比，但在恭城，恐怕更需要他这样不求闻达、不计私利，为让父老乡亲过上好日子，而孜孜矻矻、辛劳忙碌的带头人。

在恭城县城，有一处大门气派、楼群崭新、面积广阔之地，这就是恭城中学，也被称为广西高考文科状元学校。恭城人对教育的看重是有传统的，明清两代，庙学合一，孔庙为培养地方读书人做出了莫大贡献，这不能不说是孔子的遗泽。《论语》说："士不可以不弘毅，任重而道远。"望着校园里气势不凡的建筑，读着校园里充满激情的名言，我感受到了恭城人对未来的殷殷向往。

恭城归来，不知不觉三年有余，时常仰望江南的天空，那丝竹之音，让我想起遥远的恭城。恭城也是有妙音的，那里，文武之道，一张一弛，有情致，有胆识；有风雅，有豪气；有明媚旷远，有山河如画。我估摸着，这就是恭城优美的腔调吧。

那一片绿正盎然

雪，落在井冈山上，将满山岗的翠竹点缀了起来，白色中的绿意，凸显出它们自带的质朴与高贵。雪，越落越大，白白的天，白白的地，白白的落雪，直将所有的草棵没进雪被里，将所有的沟壑填平，直到用白色将天和地连接起来。

我是在落雪的季节来到井冈山的，一场不期而遇的雪好像命中注定似的，给予我生命的洗礼。站在白天白地的井冈山上，呼吸着白色的空气，仿佛一年的光景就这样冷透了、冻透了。细细的雪粒，钻进了季节的毛孔里，冷进了季节的骨髓里，冷得天地似乎都哈着白白的冷气。一场笼住万物、让大地臣服的大雪，霸气地让世间的一切都回归到静止与安静的状态。然而，这只是表面上的寒冷，在我的内心，却像火一样的炙热，这片红色的土地，还有绿色的翠竹，让我渴望了太久太久。八角楼的灯光、黄洋界的炮台、笔架山的杜鹃，无一不让人心心念念。

雪凝成了冰，凝成了一泻千里的冰雪世界。长风呼啸而过，天地相接处是白色的海浪，是远航的船只，是欢叫飞翔的海鸟，是什么都可以有，是什么都可以没有。我站在井冈山上，我就是一粒雪，一个微小的水分子，一片轻飞的羽毛，流动在白色的襁褓里，变成雪地里的新生儿，眼里照进了星星之火，星星之火可以燎原啊！

方圆几十里上百里的山上银装素裹，走在山道上，尽是冰块碎裂的声响，已有人迹的路，依然是循着前人的足迹。我看到披着满身雪花的大片竹林朝南，朝向阳光，像一个高大的背影。最高的竹像一个大人，低矮的像一群孩子，一个大人领着一群细小的孩子，在雪地里行走。跟着雪地里醒目的竹行走，就走过了大井、小井，雪也变得不那么狂野了。

我沿着红军的足迹向前，从宁冈茅坪到井冈山上的茨坪，不畏这六十多里的山路，更不畏坎坎坷坷、曲曲弯弯，峰险路陡。我听到朱总司令的声音："今天我们来比比赛，看谁能先赶到黄洋界！"山岭间顿时响起了阵阵歌声：同志哥，扁担闪闪亮，朱军长带头挑粮上井冈；井冈兵强马又壮，粮食充足装满仓；消灭白狗子，分田又分粮；保卫根据地，人民得安康。红军战士在后面挑着粮食，跟着朱军长大步向前，他们的腰板立得比井冈竹还直，他们的腰板挺得比井冈竹还硬。路旁的竹叶托起一团团雪棉球，像刚爆开的棉花瓣，咧着嘴，咯咯地笑，笑成花开的梦境。

被积雪盖住的山梁，远远望去，像一个藏在旷野里的猎人，静静地趴着，听雪落的声音。猎人总是要打猎的，"再狡猾的狐狸也斗不过好猎手"。井冈竹就是英雄的猎手，黄洋界保卫战，井冈毛竹功不可没。井冈山人民在黄洋界阵地和周围的大山上，设下三十里长的竹钉阵，一棵棵毛竹被削得尖如利刃，排成密密麻麻的阵列，铺上茅草，敌人防不胜防。竹钉的功力不只在锋利，而且还有毒性，令敌人寸步难行。竹篱笆也是极有效的防御工事，军民就地取材，将竹子按五尺一节破开，竹片两端削尖，一端插在壕沟的边缘，编织成篱笆，用木桩牢牢固定，更使进攻的敌人难以逾越。

井冈竹，果然战功显赫，身世不凡。

自然界的植物成千上万，我好像没有特别钟爱的，然而，对竹却有满满的敬意。银杏终会褪去一身的浓艳，和蓝天的高洁媲美；松树很满足，即使干瘪的果子永远得不到更饱满的收获；浮萍无根，却有心有肺，挣脱着随波逐流的命运；贪婪的蔓，不知羞耻地攀爬在高大的冷杉上，一边噬血，一边蜜语……几乎所有的植物，都攒足劲儿，在喊——我要生存！我要开花！我要结果！

可是井冈竹生来就是直的，他不会弯腰。他的心生来就是空的，他不愿费尽心机。真是空的吗？不，那一节节空竹里，早已成就一个美妙的小宇宙——有与生俱来的坚持，有人生一世草木一秋的豁达智慧，有对土地的感恩，与周围无数青光绿影的促膝长谈，有清风明月的和唱……那一节节空竹里，是永远的满盈。

他可以很入世。生可以防风、成荫，美化环境；死可以作篾，成为最土、最实用的晒竿、瓜架、竹篮。他也可以很出世。他是箫与笛的前世，天籁之音往来天地之间，优雅散淡而隽永。当然，这并不代表他逆来顺受，他会和压在头顶上的积雪抗争，他不允许荒原占领脚下的领地，他摇曳着枝干向毒蛇示威，他告诉所有的竹要独善其身兼爱天下。他是李白，"安能摧眉折腰事权贵，使我不得开心颜"。他是郑板桥，"盖竹之体，瘦劲孤高，枝枝傲雪，节节干霄，有君子之豪气凌云，不为俗屈"。他是文天祥，"人生自古谁无死，留取丹心照汗青"。他是岳飞、辛弃疾，他是中国儒家，"山南之竹，不操不直，斩而为箭，射而则达"……

"数竿苍翠拟龙形，峭拔须教此地生。无限野花开不得，半山寒色与春争。"唐代裴说在《春日山中竹》里所形容的情状，就是井冈竹的真实景况。春夏秋冬，井冈竹生命力顽强，无论是陡峭的悬崖还是贫瘠的岩缝；无论是风沙暴雨还是冰霜寒流，他都会仰天长笑，傲然挺立，即使粉身碎骨，不过数月，又会生生不息，直冲九霄。我在"雷打石"旁坐了下来，注视着眼前的翠竹，就像端视着一列列红军战士，心里竟也沾染了一份无以言说的敬仰。

"突然想鞠躬/想给粮食和太阳鞠躬/想给小草、树木和花朵鞠躬。"想不起来这是谁的诗句了，但此时我是有这种愿望的，想给井冈竹深深地鞠个躬。感谢他的坚守，有了他的坚守，巍巍井冈才永葆绿的生机。感谢这满山的雪，雪过方才天晴，雪压更知高洁，这世界才亮得耀眼和精彩。

草枯的季节，井冈山的背影里，大片大片的翠竹迎着雪挺立着，热闹得像个集镇，绿色的集镇。寒风呼啸的井冈山上，因为有了这丛丛坚毅的绿而生机盎然；也因为有了这丛丛的绿，变得更神圣了。

雪后的井冈山空气多么清润，春草之色多么新鲜。川原悠悠无尽，草色绵绵无穷。毛主席在《重上井冈山》中写道：三十八年过去，弹指一挥间。在这多少个弹指一挥间，竹叶径自歌唱，随风低吟，把美好的心愿洒向大地。

此刻，在我的心里，那片绿意盎然的翠竹是一幅国画，是静止或流动、红色与绿色融合的极致，让任何一个画家都会感叹力有不逮。

千年攻鼓唤新春

　　读过很多边塞诗，好像每读一遍，秦时明月就会高挂心头，葡萄美酒就会端于指尖。边塞诗描绘的火山黄云、狂风大雪、金甲旌旗、飞沙走石，让我见识了大漠中的孤烟、读懂了长河中的落日，还有边关将士"不教胡马度阴山"的铮铮誓言。

　　读诗，已让我浮想联翩，新年的武威之行，更是刻骨铭心。一场"双手胸前画弧线，交错击鼓轮换翻。上步踏地凭脚力，挺胸抬头身不弯"的凉州攻鼓子与我不期而遇，"黄沙百战穿金甲，不破楼兰终不还"的气势与我撞了个满怀。

　　随着一队穿古装的黑衣武士双手擂槌，鼓声渐次从天际滚来，由轻而重，由缓而急，渐若惊雷闪电，恍如万马奔腾，让人惊诧不已。伴着高亢的鼓声，那整齐划一的脚步，忽而向前或退后，忽而向左或偏右，像一群黑色的战马在新春的暖阳中欢快起舞；又似大漠的旋风，瞬间卷起一股排山倒海之势，看得人浑身炽热、血脉偾张，这就是号称"西部鼓魂"的凉州攻鼓子。

　　我是第一次在甘肃武威的亲友家过年，没想到就巧遇这场摄人心魄的攻鼓子表演。在春节里，敲攻鼓子拜年，是武威特有的新年习俗，这一民间鼓舞艺术，是汉军旅出征乐舞的遗存，对于其由来还有两个传说。据传，汉武帝时，河西匈奴部落中有两位王，即浑邪王和休屠王。此二人分管河西东部与西部，休屠王居住的休屠城就在四坝镇三岔堡。元狩二年（公元前121年），汉武帝派将军霍去病进军河西，打败了浑邪王。紧接着，霍去病将军带领兵马攻取休屠王的城池，连续进攻几次都拿不下来，在兵困粮尽的危急关头，汉军一名大将急中生智，挑选出一支精兵强将，装扮成民间"社火"队的鼓手表演者，把短兵器藏入鼓内，混进城内，里应外合攻破城池，取得了胜利，后人将这种鼓取名"攻鼓子"。又传，当年苗庄王的军队因战斗节节失利，被围困于城寨之中，面临全军覆没的危险。无奈之下，他们将兵器藏入鼓腹中，乔装打扮成"社火"队出城表演，趁敌人观看表演时，攻其不备而出奇制胜，"攻鼓子"因此而得名。

攻鼓子融合了腰鼓的灵秀和太平鼓的浑厚，除了鼓法不同，表演者的装束也迥异。黑衣白扣的装束，俨然是古代武士的重现。广场上，人们里三层外三层，每个人的脸上都洋溢着喜悦，充满着期盼。而中间的鼓者却面无表情，只是狠着劲地擂槌，尽情地跳跃，似乎把身心都融进了鼓中。他们不苟言笑，手、眼、脚出奇的统一。我细瞅那斜挎在舞者左胯间的鼓，长约四十厘米，如一个细桶。与一般鼓不同的是，每个鼓面上都画有黑色的太极图案，在红色鼓身和鼓带的反衬下格外显眼。

鼓者身形稳健大方，舞步刚劲洒脱。步走龙蛇给人一种变幻莫测的神秘感，其"猛虎出山阵""双将对斗阵""四方阵""四龙阵"等队形变化万千，忽而聚拢，忽而四散开去。百人和谐统一，同敲一个鼓点，同走一种步伐，变化配合默契，似有万马千军冲杀过来。阵形时如太极，时如虎跃，虚虚实实，深藏玄机。最令人叹为观止的是这些变化莫测的阵形，对接得天衣无缝、浑然天成。

破空里不知是谁，忽地传来一声断喝：嗨！顷刻间好像一切都变了，四下里传来如暴雨、似急风、震荡四野的巨大声响，由轻而重，由缓入急，再迅疾而嘈杂，威猛而响亮，一时间似铮鸣如流泉，若惊雷奔电，真是"渔阳鼙鼓动地来，惊破霓裳羽衣曲"。这一切让听者动容，令观者悦色，使天地惊叹，让萧条的山川鲜活起来、生动起来、舒展起来。这鼓声使冰天雪地变得妖娆而多娇，使毫无生机的寂寥天地变得生动而有活力，使萧条的世界变得鲜活起来。这一切，也让冰冷的空气燥热起来，使恬静的阳光飞溅起来，使困倦的世界亢奋起来……这景象让白胡子老人忘记了吐纳嘴角将熄灭的烟锅，脸蛋通红的小男孩更是半天合不拢张开的小嘴。

如果说李世民的《秦王破阵乐》泱泱大气，深厚澎湃，尽显秦王所向披靡的豪迈气概，自诞生之初就注定不平凡；那么武威的攻鼓子，则是气势磅礴，粗犷豪放，充满古代将士英勇杀敌的勇者风采，时至今日"西部鼓魂"的声名不减。

昔日，王之涣的"羌笛何须怨杨柳，春风不度玉门关"让多少人望春兴叹。今天，春风旖旎，攻鼓声声，一群活泛、剽悍、壮实的鼓者，茂盛地站在石羊河旁、蓝天黄土之间，以鼓迎春，祈保来年丰收，物阜民安。我想，彰显西部人民奋发进取之精神的攻鼓子新意，不管是苗庄王，还是霍将军，无论如何也想不到吧！

"樵夫"的信仰

先来说一则关于信仰的故事。

宋仁宗嘉祐七年春，凤翔久旱不雨，农人忧心如焚。限于当时人们的认知，除去向神灵求雨，别无它法。而求雨是地方父母官的职责所在。苏东坡与时任太守宋选一起前往秦岭主峰太白山上的道士庙向神明呈递，并以他那雄辩滔滔的口才，力陈天旱对龙王也没有什么好处等，试图感动龙王，真诚地为老百姓祈雨。

第二天，果然下雨了，但雨量太小，农民不满意。苏东坡再次多方奔走，探究原因：原来，太白山神在唐朝时是封了公爵的，但是在宋朝却被封为侯爵，所以祈求便不再灵验。于是，苏东坡立刻向朝廷拟写了一个奏本，请求恢复山神以前的爵位。接着，他又派特使敬告山神。次日，苏东坡准备出城迎接"龙水"。城里城外聚集了上千人，因为人们太需要一场透雨了。在"龙水"到来之前，苏东坡又到城内的真兴寺祷告，他肃立于祷告台前，大声恭读祈雨文。说来也怪，祈雨文刚读完，雨就下了，而且越下越大。乡间各地，普沾恩泽。两天之后，又下大雨，连下三日。一场真正的透雨，彻底解除了旱象。

林语堂先生说，苏东坡是火命，因为他的一生不是治水，就是抗旱；说他火性并无不当，因为他一生精力旺盛，犹如跳动飞舞的火焰，不管到何处，都能给人温暖。苏东坡的祈雨，用现代科学眼光看来不无滑稽和愚昧，显然不妥。但在普遍缺乏天文科学知识、唯心主义占据主流价值观的宋朝，对民生而言确是一件功德无量的大事。苏东坡锲而不舍地虔诚地祈雨，正是他做官为民、一心为百姓着想的可爱可敬之处。

为民请愿，为民请命，在我看来，这就是一种至高的信仰。

苏东坡有，廖俊波也有。

苏东坡在凤翔遇到了大旱灾；廖俊波在拿口镇遇到了大水情。他和苏东坡一样，开展救灾，只是方式略有不同，苏东坡是祈雨，廖俊波是抗灾。

百年不遇的水灾，让拿口镇成了"泽国"，房屋倒塌，洪水遍地，近四千人无家可归。可以想象，这个时候的老百姓是慌乱的，也是手足无措的，人们在期盼主心骨的到来。廖俊波来了，踏着满地的泥泞来了。他深一脚浅一脚地进村入户，一家一家地嘘寒问暖，把受灾户走了个遍，也把老百姓潮湿的心捂暖了。大灾过后，当务之急是建房。当地砖厂借机抬价，红砖价比过去高出两倍。面对汹汹歪风，廖俊波没有退缩，而是用火车从外地紧急调运了红砖数十车皮，解了重建家园的燃眉之急。若说大禹是一心治水，那么作为一镇之长的廖俊波来说，除了治水，还要安居百姓。面对五百多户受灾家庭，他在最短的时间拿出了"一户一策"的方案。那年春节，这些受灾家庭住上了新房，家家户户贴上了新春联，"谢党恩，百姓喜洋洋；盖新房，居室亮堂堂"……一幅幅红彤彤的对联，轻声地诉说着廖俊波的信仰。

这世上有太多的路，从山野的泥泞小路到城市的宽阔大道，从汽车的公路到高铁的铁路，再加上船舶过江入海的水路、飞机从云上掠过的天路、火箭飞船的漫漫太空路，实在是数不清有多少道路了。但道路和人一样，只有极少数的道路，才能像极少数的人那样，在蒙蒙的时间尘埃里脱颖而出，被期盼、被铭记。

在拿口镇，人们铭记着一条路，也铭记着廖俊波。

在拿口镇的朱坊有二十多个村庄地处偏僻，没有一条像样的公路，致使上万名老百姓苦不堪言。一条路，关乎一方土地的未来，廖俊波决心修筑这条民心路，他知道，路是令人感到亲切的，有路就有信心。修路资金有缺口怎么办？他率先捐出一个月的工资，并游说当地企业家赞助，四处奔波，苦苦"化缘"。终于，凑足了修路的资金。

铺路的石子大多从河中捞出，沾满泥沙，他主张对石子统一"洗澡"。廖俊波有丰富的物理知识，他明白在混凝土硬化过程中，凝结物之间的杂质容易产生裂缝。这些微裂纹，虽然肉眼难辨，却是公路质量隐患。在他的严正坚持下，工人用高压水枪对全部石料进行了细细冲洗。

2000年年底，公路终于通车。那天，乡亲们敲锣打鼓，点鞭放炮。甚至有几十位白发苍苍的老人从家里拿出铁锅和脸盆，用铁勺拼命地敲击着，高喊着，脸上全是笑容和泪水。老百姓逢人就说：一条新路到眼前，猪婆猪崽、鸡婆鸡蛋、粮棉茶豆变成钱。

如今，二十多年过去了，这条公路至今未曾损坏，仍然在坦坦荡荡、结结实实、日日夜夜为生活在这片土地上的人们服务着……

苏东坡不管是在黄州、惠州，还是儋州，一直履行着"为官一任，造福一方"的职责，而廖俊波在拿口、南平、政和，亦始终践行着"为官一任，致富一方"的使命。都说一个人可以改变一个时局，那么一个人想改变一方的模样也是可以的。廖俊波一步一个脚印，从拿口，到南平，再到政和，有一种利剑出鞘之势，这把青锋剑，剑胆铮铮，修齐治平，心系苍生，且放脚步走民间。在拿口，廖俊波以一己之力，将招商引资的引擎启动；在南平，他依靠集体的智慧和力量，将荒山变身园区、野岭变身金山；在政和，举全县之力，摘掉贫困落后的"帽子"，获得全国电商发展百佳县的"金招牌"。

陈行甲说，官与官是不一样的。由此，我想到檀木也分为好多种，大家普遍知道的是小叶紫檀和赞比亚血檀。两种檀木看似相似，却有着根本的区别。有人做过试验，将这两种木屑像药末一样同时撒进水杯里，水杯里的小叶紫檀木屑干脆沉入水底，水杯里的赞比亚血檀木屑却显出一丝犹豫。表面相似的檀木，遇到同一件事物却有着两副表情，由此可见，两种檀木可以雕刻出外表一样精致的坠饰，却雕刻不出内心相同的信仰。

"文不贵乎能言，而贵于不能不言。"你看那日月星辰，发着光，它们不是在炫耀自己有发光的本事，而是自然明亮着；你再看那江河与草木，它们流动着，茂盛地生长着，它们也是秉性使然。廖俊波就是一个"一枝一叶总关情"的"发光体"，他像"樵夫"一样，以武夷山为原点，顺着闽江，沐浴着闽越文化、朱子文化的余韵，一路奔波，走到哪里，那里的一草一木就会感受到"一担柴"的温暖。

信仰之光，谁与争锋！

且看"经"彩逐春新

美君席上碧云句，吟尽江南烟雨村。

岂惜笙歌连夜醉，且看风物逐春新。

——张毅《寄嘉兴守令孤挺》

我们正处在一个大变局的时代。

也许一开始，我们只是听到这一说法，而现在，在嘉兴经开区（经济开发区），我们渐渐感受到了这一大变局。从阡陌农田转身为繁华都市，从单一的经济主战场跃升为现代新城区、民生新高地……

嘉兴经开区的春天，仿佛是一夜之间到来的。一阵春雨过后，气温骤升，小满已过，物至于此，小得盈满，一个物候节气里，雨水丰盈，诸事可心顺遂。若有若无的蝉音里，布谷鸟脆亮的叫声由远及近，"快快割麦、快快种谷"，仿若天使般让人心生欢喜。布谷鸟带来的，不单是贴心的督促，更是一份即将收获的期待之心和喜悦之情。

不知什么时候，这里的云雾多了起来，尤其是秋冬的清晨。黎明的微凉点醒了我，往窗外一看，不知什么时候家被搬到了云上，满眼云雾下，才是人间。举目四望青山，恍若身处仙境。在阳光驱散云雾之前，一切都慢了下来，车慢慢地行驶，人慢慢地走动，话慢慢地说着，心里慢慢地想着。

因了这云雾，这里比别处多出了一段安静的时光。也因了这云雾，这别样的美，让我想起了"上有天堂，下有苏杭，嘉兴在中央"。

嘉兴经开区是这样一座城，它的建设始于 1992 年，由此，一座新城在山水间拔地而起。2020 年它升级为国家级经济技术开发区，城市的建设从此日新月异。

决策者把经纬纵横的交汇点落在嘉兴，并非一时心血来潮。嘉兴拥有一千七百多年的建城史，是中国革命"红船"的起航地，是浙江全面接轨上海的示范区。这样的历史和重任，注定了她不凡的气质。

嘉兴文化璀璨、风华绝代，一代代嘉兴儿女留下了无数"勤善和美、勇猛精进"的精神画像。

嘉兴人的血液里流淌着勤善和美的基因——勤政清廉称贤相的陆贽、清廉为官垂青史的高以永，他们像一阵清风徐来，沁人心脾；《了凡四训》积善德的袁黄、《护生画集》播爱心的丰子恺，他们让爱心与善行根植人心，温暖人生；躬耕农桑著《补农书》的张履祥、十年生死译莎剧的朱生豪，他们为后世留下丰厚人文，功德无量；被称为扶困济贫"天医星"的金子久、用初心照亮未来的朱丽华，他们诠释奉献和付出才是人生最大意义，升华境界……

嘉兴人的骨子里也渗透着勇猛精进的因子——舍生忘死救妇孺的血印禅僧、被称为"大明忠烈第一人"的魏大中，他们不以生死易志，令人叹服；以笔为剑唤民众的茅盾、被誉为中共一大"卫士"的王会悟，他们尽显革命的勇气与智慧，照亮前方；近代科学开拓者李善兰、以"一把剪刀"写春秋的步鑫生，他们敢于追梦、勇于创新、善于实干；被称为"文武双全女将军"的张琴秋、奋勇托举的"最美妈妈"吴菊萍，她们勇顶半边天，传递力量……

丰厚的文化底蕴为经开区的厚积薄发提供了滋养和支撑。一方面，她代表了嘉兴特质、江南特点和中国特色；另一方面，她指明了方向：不忘本来、吸收外来、面向未来。山中才数日，世上已千年。不知道张毅在"吟尽江南烟雨村"之时，望见这新城的英姿勃发，天人和谐，会不会抚掌大慰呢？

再看这座城，经开区的面貌不断刷新。一道有轨电车线串珠成链，从嘉兴高铁南站驶出，编织起禾城立体交通网；一桥高架快速路，宛如长龙穿越城市，成为城市靓美"腰线"；一条南湖大道蝶变呈现，迎接着四海宾朋，也成为展示嘉兴精彩的风景线。

为了让昔日的东方威尼斯、今日的经开区更添灵动，市政规划建成了运河公园、香槟广场，围绕杭州塘运河，打造了以生态、居住、智慧网络为支撑、多元化业态为引擎的新型一站式生活模式，实现了"红船魂、国际范、运河情、江南韵"的城市风貌定位。

如今的嘉兴经开区，一江秀水逶迤，两岸群山叠翠，现代版"富春山居图"正在向世人徐徐展开。

仰头观山，俯身亲水，行走其间，目光越过一座座新建筑，直抵天际。我隐隐察觉到一丝"矛盾"之处：一张蓝图绘到底，倘说这是规划伟力的结晶，却无处不透露着自然的意趣；山水交融，倘说这是远离尘嚣的桃花源，但这却是无数关系百姓福祉政令的发出地；万籁俱寂，暗香浮动，倘说这是令人心闲体舒的养生胜地，但却总有那么多楼体灯火通明达旦，一如精密运转的机器。

在"矛盾"之时，我不得不感叹，这确实是一座难得一见的新城，是一方人力与自然、智慧与意趣、闲适与奋发和谐交融的热土。以上种种，只是苏州塘畔、九龙山下，入春以来这一小段时日，个人对此间风云日月、林草湖山之一瞥而已。至于这座新城春夏秋冬、山川河岳中蕴藏与流动着的无限"经"彩，无限惊喜，只能留待读者亲自来此体验了。

堂安　如歌如梦的侗寨

　　堂安，就像中国人心目中的普罗旺斯一样，它是法国旅行者最钟情的中国小镇。这缘起于 20 世纪 80 年代侗族合唱团赴法国的初次演出，没有伴奏，合唱团用人声模拟鸟叫虫鸣、高山流水的自然之音，吸引来了第一个到堂安的法国人。当他踏上这片几乎与世隔绝、延续了千百年的村落时，竟然在游记中称堂安的建筑是外星人的建筑。

　　肇兴堂安地处贵州、湖南、广西三省（区）交界的深山坝子之中，无论是哪一条通往肇兴的路，都要历经曲折而漫长的旅途。由于多年来受到法国旅行者的青睐和推崇，肇兴并没有因为交通的不便而和黔东南大部分村落一样处于落后的状态，它的气息中浸染着欧洲人浪漫的天性，却又不失侗寨的原始本色。

　　侗乡素有"七百贯洞，千家肇洞"之说，千家肇洞指的就是肇兴，它是侗族南部方言区规模最大、聚居最密集的一座村寨。我那蠢蠢欲动的小镇情结简直太适合在这样的地方"泛滥"了，哪怕路途艰辛，也应该有一杯冰啤在小酒吧的木桌上等我吧。

　　黔东南潮湿的气候常使山区的梯田上弥漫着缥缈的薄雾，从高处俯瞰肇兴，象征着宗族的五座鼓楼分布在寨子四周，灰青色的瓦片屋顶连成一片。礼寨的鼓楼最为壮观，共有十三重檐八角攒尖顶，高翘的檐角之上塑有泥制的葫芦宝瓶和玲珑精致的小鸟，檐层间还雕刻有狮、虎、凤凰。一条弯弯曲曲的溪水环绕着侗寨流淌，流过每一户人家的门前，流过一幢幢干栏式的木楼。

　　有阳光的悠闲午后，乡村广播站的小喇叭里播放着没有伴奏的侗族大歌。高亢的女声独唱在小巷里百转千回，无论是在溪边浣洗衣服的姑娘，还是挂着烟袋散步的老人，谁都可以追着调子哼上几句。

在岁末的冬季，肇兴人停歇了手中的农活，仿佛一切生活的重心都是为了期待过侗年和春节。侗乡里流传着"饭养命，歌宽心"的说法，尤其是寨子里的年轻人都要参加节日里的踩堂歌和芦笙会的狂欢，姑娘们把广播里的歌词悄悄地烂熟于心，希望到时候能露一露自己的好嗓子。

我们在一户人家门前看到杀猪，炖大锅菜，便想进去凑凑热闹，问问主人家在办什么喜事。热情的女主人招呼我们进屋，原来是这家人的女儿过几天要出嫁。长桌上摆满了大碗菜，土制的小煤炉上咕嘟咕嘟地煮着肉，散发出阵阵香气。我们每个人的面前都有一碗黔东南式的火锅蘸水，剁碎的辣椒、香菜、折耳根，虽然口味上有一些不习惯，但还是被这种氛围感染着。她们自家人之间说着侗话，长辈一边从红布里拿出银手镯、项链送给要出嫁的女孩子，一边千叮咛万嘱咐，也许天下父母此刻的心情都是一样的吧。

从宴席出来，肇兴的夜是安静的。穿过侗寨里的花桥，为过年缝制新衣服准备的布料晾晒在木梁上，这种用棒槌蘸上蛋清击打而成的发亮的布在月光映照下泛出幽蓝的光芒，像是舞台的幕帘。在肇兴一共有四座花桥，它们和鼓楼、戏台互相辉映，代表着不同的宗族。如果说鼓楼是寨老们喜欢集聚在一起议事决策的场所，那么花桥即是年轻小伙和姑娘们谈情说爱的角落。

在这里，这些古朴的建筑总是隐藏着忠实于生活的实际意义。花桥和沿河吊脚楼住宅下的长廊贯穿起来，竟然可以让人在风雪里走遍全寨而毫发不湿，这样的建筑成为侗族人智慧的见证。

不远的山上，有一座保存更为原始的堂安侗寨。田间小道在层层叠叠的梯田里盘旋而上，一个多小时的徒步路途在风景的陪伴下并不漫长。贵州山多坡陡，世代繁衍的侗族人在这样有着天然缺陷的地域上不断适应，如今梯田绵延的壮观景象就像天造地设一般。

堂安侗寨在海拔一千多米的山腰上，我们几近爬了千米的垂直高度，刚刚是晴空万里，一片云飘过来顿时就如置身于柔软的棉絮之中。沿着山坡呈半弧形错落而建的堂安侗寨，是中国与挪威合建的生态博物馆项目。也许现代文明的痕迹悄悄改变了古寨的生活品质，却丝毫没有改变侗寨人平静的心态，他们始终保持着原始质朴的民族传统。

侗寨人自古以来认为单数是吉利的，所以堂安有七个寨门，寨中央的鼓楼也有九层。据说在过去遭遇外侵时，寨老敲响鼓楼上的皮鼓，大家便会根据鼓声来决断敌人是从哪个寨门进攻的。现在的堂安，刚刚收获了一季稻谷，女人们在自家门前织布，男人们围坐在鼓楼的长凳上抽旱烟，小孩子在青石板上玩耍，时不时有人挑着水桶到肇兴河源头边的古井里打水，一切都显得那么古朴宁静和有序。

　　我们正巧在鼓楼中央看见宰牛，围观的村民都在瞄准要买哪一部位的牛肉，只有一个小伙子是端着瓷杯来的，接了满满一杯褐黄色的液体。好奇心驱使我上前一问，他说这东西叫作"牛瘪"，是反刍动物经过消化草料分泌出的胃液，里面的营养价值很高。得知我们是外来的游客，他盛情邀请我们去家里做客，于是我们又蹭了一回饭，以"牛瘪"为火锅底料，真可谓是最地道的侗族美食了，虽然在心理上还不能完全接受，但不得不承认入口的味道带着一丝青草的甜香。在行云流水般的歌声里，侗寨会让每一位旅行者，经历这样一段穿越时空的真实梦境。

　　在肇兴，觉得自己恍如生活在几个世纪以前。当你走在每一条小溪旁，当你坐在小板凳上吃着肇兴腌鱼时，当你走进小店讨价还价时，无不感受到侗人对变化的期盼。我不知道这份用安静凝住的时光还会停留多久，但是我相信，这里的天空永远会是湛蓝的……

想去长安走一走

什么时候能去长安走一走啊！那里有盛唐的气息，也有古都的风韵。如果有机会，我想去住上一阵，没有特别的理由，只是最近的日子太淡，心灵仿佛被锁住了，有点无路可逃的窘迫。

或许是因为疫情的肆虐，把我们拘束在家里；又或许是因为生活的重压，那些"内卷"和"外因"压得人喘不过气来，我总想去往一个平和安稳的地方，暂避这苦涩的世界。

一千多年前，大气雄浑的长安城，接纳了一位年轻人。"轩车歌吹喧都邑，中有一人向隅立。夜深明月卷帘愁，日暮青山望乡泣。风吹新绿草芽坼，雨洒轻黄柳条湿。此生知负少年春，不展愁眉欲三十。"长安，正以一派生机盎然的绿意，向白居易递来了橄榄枝。

时至今日，长安街头依旧是这般柔情。街头巷尾的闲聊，大排档里的欢畅，小巷深处的岁月静好，大慈恩寺的宁静悠远，都在关照着来客那颗敏感的心灵。

无处可逃时，就和唐朝诗人在长安的街头走一走吧，感受人情的温暖，寻找人间的清欢。

白居易十六岁时，已经写出不少可以传世的好诗了，其中最有名的是五言律诗《赋得古原草送别》。据说，白居易初到长安，去拜见老诗人顾况，顾况听到他的名字，开玩笑说："长安米贵，居大不易。"读到"野火烧不尽，春风吹又生"时，顾况大为赞赏，说有些才情，居长安不难。

白居易以"昼课赋，夜课书，间又课诗，不遑寝息矣。以至于口舌成疮，手肘成胝"之精神入长安。三十二岁那年春天，白居易被授校书郎，后来直至翰林学士，想来，他的春天一定是美好的，满眼都是希望和憧憬。

有意思的是，在白居易的诗里，写春天景色的不多，爱美酒的倒是不少。"一抛学士笔，三佩使君符……今夜还先醉，应烦红袖扶。""两枝杨柳小楼中，袅袅多年伴醉翁。""何处花开曾后看，谁家酒熟不先知。"在他的诗里，长安不仅有雄伟的宫阙、寻常的院落，还有热闹的酒家。

一个地方，最美丽的风景是意境，是人心。一千多年前，长安的人们友好地接纳了白居易；而现在，长安依然用十里春风迎接我们。

读着一首首诗，仿佛看到了长安街头的酒馆，店摊虽然小而嘈杂，却胜在碗里的人情味。吃喝谈笑间，不必端着办公室里的架子，拘泥礼节，可以大口吃肉，大碗喝酒，当然还要嚼着馍馍，吸着凉皮。别以为城市的胃是被大鱼大肉灌满的，有时其实是被一些小吃给养着的。长安，它沉淀于心的影像，如老奶奶的老炉子，在文火里咕嘟咕嘟冒着气儿，在小吃的香气里徐徐浮现。

余光中有诗：酒入豪肠，七分酿成了月光，余下的三分啸成剑气，绣口一吐，就半个盛唐。这是盛赞了李白。

在我们的心里，李白的模样往往是"举杯邀明月，对影成三人"的豪情书生，他和天下的文人一样，有着"文能提笔安天下，武能上马定乾坤"的志向。在长安，玄宗看了他的诗赋，对其十分仰慕，便召其进宫。李白进宫朝见那天，玄宗降辇步迎，"以七宝床赐食于前，亲手调羹"。玄宗问到一些当世事务时，李白凭半生饱学及长期对社会的观察，胸有成竹，对答如流。玄宗大为赞赏，随即令李白供奉翰林。玄宗每有宴请或郊游，必命李白侍从，利用他敏捷的诗才赋诗纪实。虽非记功，也将其文字流传后世。

在长安的李白，爱上了美酒。你要相信，长安是有酒的，是有好酒的。杜甫说："李白斗酒诗百篇，长安市上酒家眠。"刘禹锡说："劝君多买长安酒，南陌东城占取春。"在长安，处处都能见到酒的身影。"将进酒，杯莫停。与君歌一曲，请君为我倾耳听。"我们经常说，以李白那恣纵不羁、放浪形骸的才情，是不应该降生在这尘世中来的，无奈他却偏偏不幸地降于人间，成为既失落于上天、又格格不入于人间的"谪仙人"。他有超世之才，不幸误落凡间，好在有一个胜似天上人间的长安，有他痛饮狂歌之处。

在长安，处处都能表达你的随性，你也能像唐朝诗人一样豁达、无拘。在大雁塔或不夜城的街头，在高楼大厦之间，随意地散落着的古建筑、寺庙、民居，既是都市里的一抹潮流风，也是唐诗里的一袭水墨画。前卫与传统，在这里和谐交融。如果白居易来到现在的长安，想必也会情不自禁去钟楼旁的德发长，尝尝饺子宴；或是流连于茶馆巷陌，与文人墨客品茶论诗。

长安人对待生活，只需遵从内心，想清心时喝茶，想尽兴时海饮。人们可以与唐朝人一样"春风得意马蹄疾，一日看尽长安花"，热情似火的表象下，是最懂生活烟火的从容。

年轻时，白居易仰望泰山的巍峨，渴望长安的繁华。长安的确没有辜负他，温柔地拥抱了"遥知别后西楼上，应凭阑干独自愁"的白居易，给了他从容舒缓的生活。当然，长安也不会辜负你我，"乐游原"依然散发着迷人的气息，她用闲适的生活与温柔的人情抚慰每天奔忙的你我，那里有酒，有茶，倾听你的过往；有妃子笑，有肉夹馍，填平你孤独的心。

印象景德镇

中国有三百多个地级市，鲜有一个城市冠以"都"之美誉，更鲜有城市的名称与"中国"紧密相连，景德镇便是其一。"中国瓷都"，是个听上去让人容易产生古老感觉的美誉，实际上她依然是一个华丽而充满活力的世界。

对于景德镇而言，几千年前的一场大火，让泥土涅槃，"高岭土"化身如玉。对于我而言，亦是一个偶尔的机缘，来到此地，跌入这富有传奇感的梦境，得以聆听千百年来的"瓷"韵。她来自泥土，在阳光下闪耀着光泽，具有令人赞赏和崇敬的美感，连同深沉的气质，无法复制，必将永恒。

在景德镇行走，古窑民俗博览是不可不看的一景，身着传统服饰或年轻或年长的师傅手拿刻刀，聚精会神地雕琢着手中的物件。我看到的是，时间在他们的手指间缓缓流淌。泥土成器，需要很多道工序，和泥、拉胚、上釉、烧制，慢工出细活，这也是景德镇的迷人之处。不浮夸于一件成品的功名利禄，而是执着于把她做出高贵的品质。

我时常觉得要完成一件艺术品是困难的，然而生活中，不乏艺术。此时，在我的脑海里，闪现出一个问题：艺术家和匠人有何区别？日本国宝级演员树木希林是这样划分的："一部戏中会有各种各样的角色，在选服装的时候，我穿大家选剩下的衣服就可以了。我想，匠人和艺术家的区别就在于会不会考虑预算问题吧。"是的，艺术家不考虑预算，匠人则小心翼翼，守规矩，讲规律。在景德镇的每一款瓷器上，都流动着匠人的灵魂，让人仿佛看见他们在和高人悟道，在和火苗舞蹈，让人仿佛听到他们在松风中歌唱，在与泥土呢喃。随手渲染的狼毫勾勒，一片墨痕，现出莲花和青鸟，青花在瓷胎上游走，或淡或浓，恰似远古而来的迟缓的脚步声。与精美的瓷器对视，我从中看到匠人们时而优雅、时而从容的表情，这瓷器已然有了思想、感情，甚至有了追求。

在中华大地，称之为"不朽"的艺术品，大都是出自工匠们"化腐朽为神奇"的双手。为美而美的"术"是短命的，因为它缺少质感，这种质感源自越来越稀缺的带有体温的手艺。人们习惯了按流程做事，冰冷地做事，缺少情怀和温度。艺术的最高境界是无技巧。在匠心与规矩及瓷器之间，确实是有一种潜在的关联，匠人不惊不喜，依靠自身的德行完成最好的艺术品。

据说，在景德镇，同样一款瓷器，一次无论炼制出成千上万件，最终只选取其中一件，其余的都将被砸碎，只为了让最美好的那件在世间享有独一无二的身价。朱光潜曾说过："人生本来就是一种较为广义的艺术，每个人的生命史就是他自己的作品。"景德镇工匠们的弯腰，正是为了我们能够抬头。

景德镇很老。自"新平冶陶，始于汉世"开始，陶瓷便记录了这方山水的兴衰荣辱。景德镇很新。你可以花 5 元钱，买到一只自己喜欢的瓷碗，同样，你也可以花上 50 万元，买到一件心仪的艺术瓷。陶瓷自身的生命力，让这个地方多样且迷人。

在景德镇，陶瓷是一种植根于土地的文化。《舌尖上的中国》用千道美食告诉我们，食谱可以千百年不需要变化，也不需要创新，人们可以保守地安享"正宗"和"地道"。景德镇的千年文脉却不能如此，它必须在追问中寻求新的生长、焕发新的生机。

在"桃花源"瑶里古镇的附近，有一处古代龙窑遗址。龙窑依山傍水，像一条巨龙，身长二十余米，腰宽两米多，"龙头"高翘望着苍天，"龙尾"低伏，紧贴地面。从窑里挖出的泥土，干燥而金黄，带着火的颜色；那刚出土的瓷片在阳光下闪着耀眼的光芒。瓷器来自泥土，似乎为了赶赴一场前世的约定，完成一次生命的燃烧。铸铁成钢，寒梅吐香。即便是一抔普普通通的泥土，只要敢于锻造，勇于磨炼，甘受熬煎，就可以升华自己。在我看来，正是这一次次创新而为的努力，经由火中，红过、紫过，历经一次次炼狱，一次次涅槃，才获得崭新的生命力。

在景德镇，想要留住岁月，留住古老，留住曾经的花落云卷，大概是一件极困难的事情，或者说，是根本不可能的事情。但是，在有意识的传承和创新之中，以古窑、皇窑、湖田民窑为重点，呼应高岭·中国村、瑶里、东埠古街的蝶变中，世界文化的"朝圣地"已然天成。想来，未来的景德镇不仅是世界著名的陶瓷历史名城，还是农耕文明、工业文明与科技文明完美嫁接的人间天堂。于此，景德镇是一盘棋，博弈中外两相宜；景德镇是一本书，说尽陶瓷千秋事。

都说大地厚德，泥土是大地之子，若言其厚德也不会太错。然而，一次景德镇之行，让我有了更多的感悟。世上浮云太多，古老的瓷器经受着腐蚀、磨砺和漫长的岁月考验，依然散发出光芒。在"白如玉、明如镜、薄如纸、声如磬"之间，成就了一枝独秀的景德镇。

一座城市的魅力，不在于她此刻的身价几许，也不在乎她前世的荣光闪耀，而是在于她给历史留下多少积淀，为人间留下几多美好。除此之外，让人惊艳的，还有传承和创新，这些都是行稳致远的法宝。

当朝霞满天之时，我望着景德镇，她不再是一个名称，而是一座有历史、兴未来的陶瓷博物馆，时光在这里千年流淌，瓷器璀璨如星。我觉得她是一只少女挥动着的手臂，如玉、如雪，充满原始的、唯美的质感，构成"落霞彩散不留形，浴出长天雾色青"式的瓷器之都，令人流连忘返……

心上

SHU SHI RENJIAN YOUQING WU

人间年味

过年，从什么时候开始？大概是从年味飘出的那一刻吧。

年味是什么？

是腊月里，小院墙头挂起的腊肉——阳光、烟火与肉一起，完成的一场与时间的爱恋，再随游子奔赴远方，足够回味一整年。

是除夕夜里，不得不吃的饺子——"不吃饺子，不算过年""饺子就酒，越喝越有"。不管是细腻的南方人，还是豪放的北方人，对饺子的执念，始终如一。

是老家的旧习俗——鲜美的鱼只准看着不可动筷，熬出"熊猫眼"也要撑住的"守岁"，挤破头也要抢的头炷香………

腊月一到，年味渐浓。在我的记忆里，过年是从腌腊肉开始的。"小雪腌菜，大雪腌肉；冬腊风腌，蓄以御冬。"伴随着寒冬的来临，腊肉也开始了它的征途。腊肉也是从"小鲜肉"过来的，而这一切又始于"杀年猪"，在我们老家至今仍保留着这个习俗。

开春后，气温回升，每家每户都会捉一两只猪崽回来，等到腊月来临，便寻思着挑一个好日子，准备"杀年猪"。这一天有两个重头戏，一个是年猪饭，另一个便是腌腊肉。腌肉通常分两部分：一部分直接抹上盐巴，再垒叠在大缸里；另一部分则要抹上盐巴、花椒等多种调料，寻一通风处，悬挂起来晾着。后者，便是腊肉。

杀年猪、腌肉落成，看着那鲜红的猪肉，一天一天地变得油光发亮、气味咸香，年的脚步也就越来越近了。那一条条腊肉，不仅能与时间对垒，更能塞进行囊，随游子去远方。它能安抚馋虫，更能慰藉乡愁。

古时候，腊肉指干肉，想必也是美味非常。要不，怎么连圣人孔子也为其所折服呢?《论语·述而》曰:"自行束脩以上,吾未尝无诲焉。"孔安国疏曰:"言人能奉礼,自行束脩以上,则皆教诲之。"什么意思?十脡为一束。脡,即条状干肉。脩,脯也。束脩,即指十条腊肉。也就是说,"只要送我十条腊肉,我就教你",圣人这学费当然有特色。

不过,彼时有曰"古人相见,必执贽为礼,束脩乃贽之薄者"。这束脩其实也算不得多金贵,想来,孔子此言此举,是他心怀仁心,因为子路入其门是"设礼稍诱"而来,并非先送十条干肉以为贽。孔子"设礼稍诱子路",是觉得其孺子可教也。孔子的"腊肉之礼"让"束脩"成为家喻户晓的入学见面礼,在年味之外被赋予了特殊的含义。

在物资匮乏、缺乏冷藏设备的年代,人们制作腊肉是应对自然法则的智慧。如今,对大多数家庭而言,肉食已然不缺,鲜肉更是随处都能买到。但是,人们对腊肉的喜爱,历久弥新,腊肉的踪迹,仍不难寻。在农家小院,向阳的墙上或者庭院中挂着腊肉;在江南小镇,水岸人家的窗下晾着腊肉;在城市街区,精致的阳台上,依然能看到腊肉的身影……

一瞥,便定格为一幅山水诗意画,驻足再细看,又仿佛能闻到浓浓的烟火味,熏得人心暖。正所谓"人间烟火气,最抚凡人心"。

对守在家乡的人们而言,腊肉是惯常食物,如菜园里的大白菜,触手可及。但对离家在外的游子来说,腊肉是一根线,这头连着家乡的炕头,那头系着谋生的角落。将腊肉装进行囊,即使相隔千万里,家乡也不再遥远。只因,那腊肉藏着家乡盐的味道、山的味道、阳光的味道,也藏着时间的味道、人情的味道。这些味道,才下舌尖,又上心间,让我们分不清哪一个是美味,哪一种是情怀。开心或忧愁时,切半块腊肉,或蒸或炒,舌尖和味蕾都让你瞬间投身到故乡的怀抱。

当然,除了猪肉,鸡鸭鱼肉皆可"腊"。阔绰的人家,一个也不少。逢年过节,那一份腊味拼盘上桌,圆圆满满。

这腊味的浓香、年味的悠长,只有吃过才知道。这滋味从年头飘到年尾,从家乡飘到远方,是人间最美的味道!

最漫长的旅行

　　爱情的风雨是最值得怀念和纪念的，爱情有时候就像一块金字招牌，越是接受暴风雨的洗礼，越是能发出别样的光彩。

　　爱妻有多爱，爱情有多深，似乎就在朝朝暮暮之中显现，就在风风雨雨之后清晰。

　　我做我老婆的丈夫好多年了，现在她已是名副其实的老婆。

　　老婆在我的眼里是个美人。记得第一次看见她的样子，披肩的长发和白皙的脖颈儿，十分淑女地站在门口等我。不管在什么年代，爱情好像都和诗有关，我为她写了好多诗。我问她能不能读懂我的诗，她巧妙地回答道："你就是一首诗。"当我的手无意间触到她的手时，她突然脸红了，有点像熟透了的红苹果。在我的心里，她就是那清纯可人的样子。

　　婚后，生活中的很多第一次都发生了。

　　记得第一次争吵是因为我在外出差，连续多日的劳顿，以至于我没有跟她说几句话就秒睡了。在她看来这是严重事件，新婚燕尔的重要性何在？下半夜，我抓起手机看到若干未接来电、若干带着怒气的信息，一下子睡意全无，赶紧解释、道歉。但是，在她看来"马后炮"就是不诚心，秒睡就是忽视，亡羊补牢不及未雨绸缪。那一宿我们都没能好好休息。第二天，我拖着疲惫的身心去开会，她也带着满腹的委屈去上班。

　　此后，我发誓不再与她争吵，我要跟她讲道理。但是很快发现，如果跟她讲道理，她声音的分贝总要压我一头。和一个学过音乐的人比声音，我大抵是输。"一个文人怎么本事不长，脾气渐长？""家里就不是讲道理的地方！""海瑞来了也断不了家务事！"她的经典名言弄得我干脆举手投降，活脱脱一个败将形象。

后来，我不跟她讲道理了，我发现女人需要的永远不是听你讲大道理，而是有一个男人坐在离她最近的地方，听她倾诉、数落，甚至是批斗。当她历数你的种种罪状时，要明白"道歉从宽，还嘴从严"，而她也因为男人的"懂事"而倍感舒心和幸福。当然这些都是我后来慢慢悟出来的。我虽然算半个文人，可是天性中，有木讷的成分，从不愿意面对一些细致的情绪，也不善于表达出来。这种天性，也在与妻子日复一日的磨合之中得以"润物细无声"地被改造。譬如，和男人说话越坦率越好，越直接越好，和女性说话却是越含蓄越好，哪怕绕十万八千里也行。又譬如，男人总想靠逻辑推理来找出解决问题的办法，而女人则不同，她每次都能凭直觉准确地知道下一步该怎么办，且总能找到好出路。应该说，我现在已经很有心得体会了，这样的心得体会绝对不亚于熟读一百遍《论语》后的感悟。一个家，由最初的磨合、吵闹，到如今的默契、和睦，是若干个日日夜夜心与灵交流的过程，其中不乏妥协，也不乏谦让。

生活也许不需要多么精彩，但爱情的确需要无穷的智慧。想想年轻的时候，总是以为把话说得越认真越好，也总是以过于较真的方式无情地伤害着对方。说真话，有时对女人真是太残酷了。你若不哄哄她，她也只能自己疏导自己了。后来，就算心里有冤屈，我也不再板着脸，而是换成笑。我笑得越来越狡黠，仿佛发现了生活中最重要的秘密。她发现我在笑，也不再绷着脸，咬着嘴唇了。很多原来差点就剑拔弩张的事件，现在都变得像玩笑，就像我自己承认的那样，家里哪有深仇大恨，最多只是有冤无处申，有气自己吞。当你把一切不愉快的事情，都当作一个故事、一个游戏，你会发现一切都改变了。生活多奇妙啊！以前家里只要有一个人不开心，全家人都跟着闹情绪。现在呢，一个人心情不好，另一个人就会跑过来哄一哄，气氛一下子就活了起来。

妻子每月会给我固定的零用钱，美其名曰"赞助"。虽说是"赞助"，可是我却不敢随便乱用，为的是要省下银子来，让她有"春有百花秋有月，夏有凉风冬有雪"的仪式感。"赞助"悄然归了公。我不知道这是不是变相的"搜刮民脂民膏"，或许女人就是常常以一些看似符合情理的方式，逼着男人换一种思维方式来做一些事情。我现在想，女人"搜刮"男人并非为了钱，而是一种爱的语言。再说，她"搜刮"的不是别人，而是自己丈夫的荷包。如果有一天，她突然不愿意"搜刮"了，那我真有点担心了，她是不是把我当外人了。

这样一想，就彻底释然了。我习惯了这样的生活，有时甚至想，她是不是上天派来拯救我的？因为她除了会"搜刮"我，还会莫名其妙地"抬举"我。比如我看中一部高档手机，她会不管不顾地买回来；我无意间提及某个品牌的内衣很舒适，她也不问一套价格是几位数，就悄悄地买回来，放进床头柜……

灯光下，偶尔以凝视的目光打量妻子，从前那被痴情捂红的笑靥时常流露出疲惫的神情，曾经青春靓丽的面容蒙上了一层岁月的薄雾，我突然感觉到她为这个家操劳了太多。我俩经常出入小区、超市，若是我先回到家，她带回家的肯定是特大新闻——隔壁刘姥姥的议论。"你知道刘姥姥问我什么吗？"我明知道她想说什么，却要佯装不知道。"刘姥姥说我这么年轻，老公怎么这么老啊？"我也附和道："这话我也听过好多，他们都说我比你大十来岁呢。"此时，她脸上的表情是愤怒的，可是我知道她的心里一定乐开了花。哪个女人不愿意青春永驻呢？

这就是我的妻子，我发现她真是永远也长不大。

回想起这些年，不仅仅是真实的经历，更是一种心路历程。在周围看到多少人聚了，又散了。只有小家的安宁才有大家的和谐，这不是一句空话。很幸运，这些年巨变和变幻，我们家依然是老婆孩子热炕头的寻常人间质朴的温暖。结婚之前，我曾经和她说，咱家以后要买一张超大的床。拿破仑说，床是爱情的舞台。其实，对于中国人来说，不管是南方的床，还是北方的炕，都是家的象征。家，让男人和女人的距离无限地缩短，当所有的距离都消失了，剩下的就是一个家全部的感觉。

为了让家更有温度，我们曾经许过很多愿，应该说，有的愿望已成真，但也有很多愿望至今还是愿望。我知道，只要有心愿，行动就会不止。譬如，昨晚我们说好等疫情之后就动身去看北京的紫禁城、西安的大雁塔、上海的黄浦江、杭州的灵隐寺。我说这一串是多远的旅行啊！她说，再远也要去！

我再次悟到：夫妻结伴而行的一生就是生命中最漫长的一次旅行。

减肥的隐喻

最近看到两则笑话，感觉颇有意思。一则是说最新研究发现：高糖高脂饮食能显著提升人的记忆力，比如人们普遍会在食用奶茶、蛋糕、炸鸡等高糖高脂食物后，想起自己的减肥计划。还有一则是说一位上海姑娘到北方当幼儿园老师，这位老师有着浓重的上海腔，在课堂上她拿出小图片，对小朋友们说："小朋友们，拿出小肚皮（小图片），看看小肚皮（小图片）上有撒么司（啥东西）？"小朋友们纷纷捋起上衣，异口同声地回答："老师，小肚皮上有肚脐眼。"

都说艺术来源于生活，我想这两则笑话便是来源于生活吧。

作为一个钢铁直男，我突然羡慕起身边的年轻人来，在我和自己的身材对抗了十年后，我基本已经认输，年轻时的身材已经成为记忆里最美的风景了。不积跬步，无以至千里；不积小流，无以成江海。我就是沉醉在各种应酬、饭局中，才一点点把自己变成了自己最讨厌的样子。

不过，现实更加坚定了我减肥的信心，都说消费要对自己狠一点，同理可证，减肥亦然。我也是够狠的，每日米饭二两、蔬菜半斤，偶尔来点荤菜，也得经过清水过滤数次，减掉各种油脂和调料，算是过上了清汤寡水的日子。自律的人有多可怕，这回可算见识了。我从140斤直降到122斤，瘦的模样让所有认识我的人吃惊，见面的问候语由"最近忙吗"变成了"最近咋了"。看到镜子里自己的模样，我也吓得够呛，抽空去医院做了个体检。医生对我的自律提出了批评："血脂高并不是说不能吃荤，心脏还是需要一些油脂的！回去之后，还是回到原来的饮食轨道，别减了体重，弱了免疫力！"医生的话总得上心吧，回来之后，我砍去了一半的自律，体重果然又上升了。

这次减肥之路，让我总结出了一个哲学观点，我称之为"辩证体重观"。何以解释，就是说事物的发展都是前进性与曲折性的统一，体重也是，都是在曲折中前进的。不过，我的减肥之路成了很多人羡慕的类型——想瘦就瘦，想胖就胖。

思想家桑塔格说，疾病是一种隐喻，我觉得体重也是。每一个深受体重困扰的人，大概都会同意这个判断：做减法太难了，从来没有一门课程教人长肉，却有无数课程针对减肥；从来没有人去学习如何买买买，却有人愿意花钱去做断舍离。想想，现在减肥产业的口号有多可怕：减肥不成功，费用全退。我真担心它有什么割肉神器，不然，它怎会夸下如此海口，不过我也隐约觉得它只是口号而已。不然，怎么满大街还有那么多大腹便便的男男女女呢？

前几日，读到一篇关于人类该不该吃素的文章，作者说人不是天生的素食动物，素食者如果不能合理安排自己的食谱，将面临更多的健康风险，如贫血、思考能力下降、容易劳累。现在想来，这些"亚健康"的状态，都曾在我的身上或多或少出现过，一次心狠的减肥，就是一次不大不小的教训。曾几何时，减肥的观念是"为悦己者容""白幼瘦"，如今这套话术已经过时。自我取悦，磨砺身体即磨炼精神，才是符合健康的信念。特别是女性身体之美，从前饱含着传统性别特征的柔软线条，现在被新的女性特征力量感取而代之；线条出众，肤色健康，更重要的是，不再一味追求减重与节食，而是用科学的方法来改变过去的懵懂。

终于醒悟过来的我，认识到减肥成功或失败都是一个伪命题，发现与自己的好不容易长起的脂肪厮守终生，也是一件快乐的事。人生诸事，终究是一场和自己欲望的较量。所以啊，我摸着自己的"小图片"想，人啊，自己才是自己的敌人。

心中的琥珀

　　我时常被一些不经意或纤小的场景所吸引，试图从中寻觅更为深厚的心意与用情。又或者，随着一些朦胧的旋律、唱腔穿越古今，落入无声的时光，听杜十娘的一段：朝也盼来暮也盼，盼得怒放并蒂莲，再无狂风暴雨骤，再无冰雪彻骨寒。听张珍的一曲：碧波潭微波荡漾，桂花金黄影横窗，空对此一轮明月，怎奈我百转愁肠。在我的眼前，西湖的雨渐渐停，心中的莲缓缓开。

　　这就是越剧对我的影响，万般意念皆入戏，以眼睛去爱慕世界，感受京胡、月琴婉转诉情的苍凉基调。我抓住了七零的尾巴，按说这样的年龄不应该对戏曲如此专情。看戏者，分内行和外行。我甚至连外行都算不上，对越剧应是三分欢喜，余下的七分，全靠用情。

　　越剧发源于浙江省绍兴市嵊县一带，最初只为"小歌班"，多是农村艺人在农闲之际凭借一腔热忱唱戏，后来逐渐职业化。1916年，小歌班进入上海，吸收绍剧、京剧之长，在茶楼台以"绍兴文戏"之名演出。直到1938年，才改绍兴文戏称越剧。

　　若说民歌是从方言的藤蔓上开出的花，那么越剧就是从方言的藤蔓上结出的果。想当年，乔羽先生创作了《说聊斋》，电话这头乔羽先生将"你也说聊斋，我也说聊斋，喜怒哀乐一起那个都到那心头来"念给作曲家王立平先生听，这边词刚读罢，王立平先生的谱已了然于胸，只见山东方言快速成就了一首名曲。驳杂的方言交织成的市井鼎沸，是一块古老而靡丽的苏绣，令集市活色生香。吴越同属古老的百越部落，历来习俗同、言语通，其方言属于吴语。有人说："人在不同环境的适应中会产生特殊的文化及其类型、模式。"越剧从开腔的第一声始，自带着一种软糯的妩媚和古雅。这种腔调吟唱出来时，就暗合了性情深处的一些特质，它包含了这块土地的元神、风骨和生态。

"越"之一字，本身就拥有无限韵味。张籍说："越女新妆出镜心，自知明艳更沉吟。"吴越美女不同西北、中原女子的洒脱，江南孕育的佳人，总有股雨湿青苔的温润感，尤其是在越剧中，俊俏的小生多由女子扮演，行走之间不仅不显媚态，反倒是难得一见的脱俗与雅致。爱情、佳人，诸多命运在越剧中苏醒过来，优美的唱腔里逐渐呈现出独特的纹理。陆游与唐婉，牛郎与织女，梁山伯与祝英台，一串串鲜活的名字，在曲调中发芽，每一胚绿芽都穿透了时间，葱郁了光阴深处。

越剧是一场古典的杏花春雨，演绎和创新都离不开一个"美"字，说戏台不是假，演人生也是真。流传一千七百多年的《梁祝》表现的就是人性之美，打动人心的不是故事，是细节，是对爱的追求和对恶势力的反抗。死也要"历经磨难真情在"，死也要"天长地久不分开"。我说，她是一个美的作品，美到纯的程度，纯到"蠢"的境界。有人会说，《梁祝》的故事不可信，一个聪明的书生，身边有一个美丽的姑娘，历经三载不知她是女儿身，怎么可能？但是，人们就喜欢傻里傻气的梁山伯，专注读书，一旦有了爱情，就不顾生死冲过去，上天入地，跋山涉水，我们赞美这样的爱情。不食人间烟火固然是一种美，纠缠滚滚红尘何尝不是一种真呢？

越剧长于抒情，以唱为主，声音唯美典雅、悦耳动听，然其台上的婀娜多姿、风流潇洒亦极具美态。我曾有幸看过一场《白蛇传》，西湖山水还依旧，憔悴难对满眼秋……擎着一柄油纸伞的"白娘子"，在被无数次地分解、咀嚼、吞咽后，渐渐地，终于从手、眼、身、法、步都分泌出"蛇精"该有的致幻的"毒液"。我不禁感叹"台上一分钟，台下十年功"。为了赢得瞬间的精彩，灵魂要忍受多少次削足适履的痛楚与坚持，肉体要经过多少场从砂砾变珍珠的磨砺。"不经一番寒彻骨，怎得梅花扑鼻香。"正是这些像梅花一样的演员，用曼妙的身姿轻轻地演绎盛开的春天，让越剧经历着无数的四季轮回，却始终在流光中芬芳。

在戏声嘈嘈里，解开生命的结。慢慢知晓，花好月圆的结局大多建立在"落难才子中状元"的励志上，前面有多少"谁知道侯门一入深似海，一墙隔开相思债"的悲苦，后面就有多少"我为她日夜攻读求功名，金榜题名盼联姻"的喜悦。世间的戏曲似人有名，一种曲对应一个名，独一无二，坦行于世；亦似人有性情，不是简简单单的一种味，而是无限风光需去品。一种曲有一颗心、一份好。

越剧是夏日里的剡溪水，一渊清碧，人在其中浸着，久了，就能汪出一方琥珀。

春夜喜雨

　　江南的春说来就来，江南的雨呢，也是说下就下。春雨就像天然的染色剂，悄然地改变了大地的颜色，描绘出一幅绿意盎然的多彩画卷。

　　如今的天气预报已经准确到时和分，收音机里说今天夜幕降临之时会有一场小雨，我一直在等待那个时刻。在我的心里已经和儿时的村庄约好，当春雨入夜时，我将行走于原野山川，去问候鸟儿、树木、天空……

　　我掩饰不住内心的喜悦，走出家门。雨如期而至，一串串雨珠落入凡尘，空气里弥漫着新鲜的雨水与泥土交织的芬芳，这是我熟悉的气息。路旁，草吐绿、花吐蕊，柳条抽出了新芽，一丛粉色的海棠在斑驳的墙影下安静地绽放，这一切都因春雨的到来显得更有生机。

　　在我的记忆里，江南的第一场春雨，总会在春雪过后悄然无息地到来。溪流、田野、庄稼，甚至是农人都享受着春雨的滋润。果然，夜色阑珊，在乡间的小路上，我偶遇三两行人，他们或扛着铁锹，或戴着斗篷，或牵着耕牛。在这春雨绵绵的日子里，农人很少在意这难得的春色，他们奔波于田间劳作，为即将到来的春播准备着、为一年一茬的秋收忙碌着，这才是他们永远的主题。

　　田野荒坡，细雨迷离，小草探出了身子，像调皮的孩子，好奇地张望着。田地里一垄垄小麦正在返青拔节，绿油油的麦苗，伸出手掌，迎接春雨。满山遍野的杏花、桃花、杜鹃花，还有各种无名的野花次第开放。她们张开小嘴，贪婪地吮吸着久违的春雨。眺望山下，一垄垄油菜花在迷蒙的雨雾中泛起金色的波澜，从遥远的天际一层层扑来，为水墨乡村镶上一道道金边。春雨，像抽不完的丝线，模糊了山峦重重，陶醉了天上人间。

　　夜越来越静，雨越来越密。走在乡间的小径上，任由轻盈的雨丝打在脸上，滑到嘴边，甜到心间。此刻，儿时的记忆又清晰起来：小时候我站在院落里赏雨，任凭雨洒在额头，飘在脸上，在屏气凝神间感受"自在飞花轻似梦，无边丝雨细如愁"的意境。这漫天而落的春雨，像一首诗，像一首歌，像一幅画，院里的香椿树和我一起站立雨中，粉红的小芽在春雨中摇曳着甜美的心事，我幼小的心灵也在春雨中勾勒出斑斓的画卷。

雨一路牵着我的心往前走。走到了村庄，村口的槐树、村前的老屋都卧在朴素的大地上，以沉默的姿态迎接春雨的到来。屋顶的瓦片依次排列，身上烙着岁月的痕迹。斑驳的老屋，每一根檀木都坚强地站着。一扇扇木质结构的窗户，刻满了烟火的痕迹。一块豁口的犁铧悬在廊檐下，铁的质感至今犹存，它浑身渗透着泥土的性情，坚韧沉稳。没有什么能比一件件农具更直抵人心的乡愁，美好的年华在村庄里像野草般疯长。

我在春雨中驻足，在夜色中穿行。对话久违的石拱桥，还与一墙残垣偎依。此刻，我想成为一块石头，睡在村庄的臂弯里，和村庄来一场不离不弃的爱恋，只有这样，我才能将春雨听得真切。无论这雨来得轻柔，还是热烈，我都温柔以待。

离开村庄二十个春秋，我已渐渐被它遗忘，也被春雨忽略。然而，在我的心里，每一场随风潜入夜的春雨，都会化作我的丝丝向往，萌发风调雨顺、五谷丰登的畅想。其他地方的春雨或沁人心脾，或晶莹甜润，虽美，虽好，我却爱不起来，我偏爱江南的春雨，她在我年少时已经扎下了坚实的根，惊艳成最美的花。

熬出春暖花开

《舌尖上的中国》火了。

她以崭新的视角为我们讲述了人间美食、人文、人性，还有一些不为人知的真情意。每看完一集，都有一种鼻子酸酸的感觉。这是烟火的味道，也是乡愁的美好。我们在平铺直叙的美食介绍中感受中国文化，这民俗、这山水，像水墨一般流淌飘逸，拥有无限的含义，又有纯粹的优雅。我们也在美食中感受不同地域的性格：鲁菜原料优良、川菜调味多变、苏菜用料严谨、闽菜香味见长……

菜系颇多，在我的心里留下深刻印象的是潮汕粥，它的食材样样地道，最亮眼的则是把米全部熬至如袁枚在《随园食单》中所说的"水米融洽，柔腻如一"。熬，将人间美味交于泉水、柴火与时间，并与之和谐相处，温柔以待。它们在动与静之间、吐与纳之间，相互交织、相互加持。在我看来，用时光熬制成的潮汕粥，就是凡尘间最动人心魄的珍馐，因为潮汕人用了"熬"的功夫，使其呈现出极致之味。

坚硬的谷、米、豆、糁，放入锅中，食材的香味舒展地随着蒸汽飘然散开，悠悠地荡漾着，一切都在"熬"中升华。它们被开水裹挟着上下翻涌，往复不息，在一番鼓点般密集的激情澎湃之后，归于平静。米香肉香、谷香豆香混杂在一起，融合成香糯可口的一碗粥。

熬中有艰辛，熬中有苦楚，熬过之后定有质的蜕变、美的涅槃。我等凡夫俗子往往局限于一己之我、瞬间之我，作茧自缚的心情倘若借助自然之力得以消解，生活就成了童话。且看一株开谢的牡丹，一池枯槁的荷花，一片隐没的格桑……只要种子还在、根茎还在，熬过深秋、严冬，仍会葱郁摇摆、美丽绽放。无须怜惜伤怀，无须关照呵护，任由它在时间的历练中自我疗伤、自我修养、自我拼争，终有花开的那天，令人刮目相看。这个过程，或许是疼痛、是煎熬，也或许是希冀、是期盼，总之有"开花"的结果，终归是漂亮的、完美的。

人生是一条无人可以替代的独自修行的路，悲欣交集，每遇孤独无助却又无法挣脱逃离之时，可以豁然达观地将自己视为五谷、落叶，寻找另一个支点、另一条蹊径、另一种价值、另一种坚持，等待生命闪出渴慕已久的那道光，开出足以骄傲的那朵花。

回想起六年前为我们家装修的宏师傅，一个典型达观的山东大汉。当年，在与他的交流中，我得知其两个孩子都在读高中，且成绩优异，然妻子多病，打工一年的收入只能勉强维持家庭的开支。困苦的家境没有压垮宏师傅，后来听他的工友说他辗转南下，发过小广告，开过火锅店。偶然在朋友圈看到他的消息，他已回山东，两个孩子都有了稳定的工作，幸福写在他的脸上。其间，宏师傅经历了什么，已不重要，重要的是，生性坚强的他熬过了艰难，熬到了春暖花开。

我时常说，熬，是不可或缺的经历；熬，也是人世间独一无二的良药，治愈伤痛，缓解心碎与悲苦，给困在原地迷茫不得志的人以力量。熬，可以抚平岁月的褶皱，给荒芜的灵魂以希望。人生其实是一片荒原，我们将从中穿过，从已知走向未知。这片荒原上荆棘丛生，泥沼湖泊星罗棋布，你或许会因为攀爬某座高山而磨破脚，疼痛难忍，气喘吁吁，但当你登上山顶之后，放眼望去，美好景色尽收眼底，胸中浊气吐尽，便会感到酣畅淋漓的痛快。"鸢飞戾天者，望峰息心；经纶世务者，窥谷忘反。"这是自然所独有的礼物，赠予所有人。耳得之而为声，目遇之而成色，世间何处无景，何处无声！

春天的花事、夏日的暴雨、秋月夜、冬天里推门而入的一场雪，都向我们讲述着人生的不易、苦难和挫折，当然还有煎熬，人间尘嚣总会无法预料地填充我们的生活。此时，你绕不开道、避开不险，唯有自渡难关。情绪低落时，可以多读书，用文字开化心智；可以学厨艺，用美食扮靓心情。难熬时，把自己交于努力，交于时间，认真做好当下的每件事，悲伤不悦便无缝可植。等到熬过那天，必将以最美的姿态迎接你的"重生"。

若不是苦尽，哪来甘甜；若不是山穷水尽，哪来柳暗花明。每个人或许都有那么一段难熬的岁月，或长或短，或深或浅，但愿我们都能自备阳光，从容应对，用所有的寂寞时光为自己"开花"，不焦不躁，静静等待，慢慢熬，熬过雾霾，熬出山花浪漫，熬到盛装出场……

官方流调与人间美食

这几年火了很多美食，广州的早茶、沈阳的鸡架，还有哈尔滨的麻辣烫。

这些美食原本名不见经传，之所以能一朝成名，缘于官方公布的新冠疫情流调表。

如果没有新冠疫情，很多人一辈子都不会知道流调表为何物。流调表的官方表述为"流行病学调查表"，是用来收集疾病信息的。一份详尽的流调表，可以清晰地描绘病毒传播链，准确地判定密切接触者，为采取隔离措施和划定消毒范围提供科学依据。"行动轨迹"是其中的主要内容，说白了，流调表就是记录该患者在某个时间段去过哪里、干了些啥。

官方公布的流调表往往是条目式的，都是"莫得感情"的流水账，文字呆板，寡而无味，但经过聪明网友的细细解读，便成了一份天南海北的活地图、美食宝典。一张张令人谈而色变的流调表，成了吃货们津津乐道的导航图。

例如，广州卫健委曾通报过一个新冠疫情病例，公布的流调信息显示，该患者的行动轨迹有茶轩、酒店、茶餐厅……吃货一看就知道，都是饮茶的去处，调侃曰：这位不是在饮茶，就是在饮茶的路上。

饮茶，是一种饮食风格。一家大小，或三五老友，一盏好茶，几样点心，便能从早间消磨到午后。热气腾腾的蒸笼是一大特色，更有服务员推着盛满点心的小推车，来来回回。热闹中有情意，美食中有情怀，就是这个味。老广喜欢管这叫"叹茶"，因为多开始于早上，又曰"叹早茶"。叹，乃享受、品尝之义。

作为地地道道的老广，这位患者所到之处，必然地道。这不，住院期间他还表示，自己是真的很喜欢吃虾饺、烧卖、凤爪……先恋吃而后忧病，甚至是忘病而惦吃，这美味的诱惑该有多大啊！对于病者的美食宣言，网友们也送上了颇具广州特色的祝福："养好身体，得闲饮茶。"

再例如，沈阳市通报的一例新冠疫情病例，其确诊前的行动轨迹也是好长一串，经过网友认真梳理后发现：他平均每天下两次馆子，爱吃鸡架、炖肉和㧅面。

其中提到的鸡架，在当地其他确诊者的流调表中多次在列。不说不知道，原来杨修心目中"食之无味，弃之可惜"的鸡肋，在沈阳人手里，或蒸或熏或烤，幻化成纷繁的美食。

令人恐慌的流调表，又成了沈阳的美食风向标。吃货们这头看完新闻，那头转身就去网上下单——订鸡架。

东北鸡架风靡一时，哈尔滨的麻辣烫又荣耀登场。哈尔滨也通报过一例确诊病例的行动轨迹，其连续三天光顾麻辣烫，可见其爱得深沉，爱得执着。

在我的印象中，哈尔滨是北方的代名词。每到冬天，大雪纷飞，天寒地冻，麻辣烫这一美食正好应了时。我虽然很少去吃麻辣烫，但对它的辣是领教过的。

到了店里，服务员会问："您是要微辣、中辣，还是大辣啊？"对于我一个江南人来说，来东北不吃麻辣烫怎么行，况且还是奔着这味儿来的，虽如此，内心却不敢大胆挑战，只得弱弱地说一声："微辣吧！"尽管如此谨慎，微辣还是震撼了我的舌苔和味蕾。不大一会儿工夫，一碗热气腾腾、浓香四溢的麻辣烫就端上了桌，用长长的筷子一搅，碗面漂着一层红彤彤的油花，吹口气，吸溜一口热汤，我在心底说了一句："妈呀，这哪是吃饭，简直是受刑啊！"

我对麻辣烫是这般理解的，或许别人认为这是辣得酣畅淋漓，烫得心花怒放。一碗麻辣烫俨然是五味俱全的人生。我怕得退避三舍，他爱得如胶似漆，这就是每个人对美食的不同注解。

疫情终会过去，流调表也将成为历史，唯有爱吃的人们，对流调表上曾经出现的美食念念不忘。

这不，不久前，就有一位朋友直接付诸行动了，去武汉吃小龙虾、热干面，美其名曰：支持武汉！吃也说得这么理直气壮。

在我看来，爱人间美食，其实就是爱生活。人们所追求的是美食饱腹的满足感，更是人们面对困难时的豁达乐观。

都说，爱笑的人，运气都不会太差。我想，爱吃的人，好运也不会比别人少。不过我还是忍不住要提醒爱吃的朋友们一句：堂食，你自然可以置身不同的环境，感受不一样的风景，吃得饶有兴致；打包，相信亦能吃得有滋有味，享受不为任何人打扰的安心和惬意。

官方流调与星光灿烂

上一篇《官方流调与人间美食》，写了人们透过梳理严谨的官方流调表，窥见难得一闻的人间美味，体现了人们对美好生活的向往，对艰难时世的藐视。其实，千篇千律的流调表就是千万人生活的本色，有人天南海北的游山玩水，有人白天黑夜地埋头辛劳。

如果说，写流调与人间美食，我的内心怀有希冀和美好，那么写流调与星光灿烂，我的内心抱有的则是辛酸和同情，当然还有尊重和敬意。这些流调文本客观、细致、准确，剔除掉了很多情感和意义，展现出了生活的艰辛和残酷。

我不止一次地读过《范仲淹传》，但即使我读过百遍，我依然是我，做不了范仲淹。我只是一直在学习他、仰慕他、敬重他，做不到他所说的"先天下之忧而忧，后天下之乐而乐"。但是，我若能告诉大家，这世上还有那么多人在疫情尚未明朗时为自己拼搏、为社会出力，就足够了。也正是他们的逆行和担当，才让我们的生活得以如常。

且看，男性，四十岁，"花小猪"打车平台网约车司机，行动轨迹反映其12月11日—12月13日、12月15日—12月19日、12月21日—12月23日，开网约车的时间均为早晨6点至晚上23点，每天不间断工作17个小时。很多人看他的生活轨迹，不由得潸然泪下。

如果没有疫情，可能没有人会如此详细地描绘一个普通人的流调表，他是谁的孩子，是谁的父亲，又是谁的亲人；他有没有人心疼，有没有人牵挂，有没有人惦记。如果是平常，人们最多会说，他们从事着一种高强度的工作，可是在疫情期间，他们不亚于英雄式的存在。有人说，生活于每个人大抵都一样，其中都浸透着酸甜苦辣各种滋味。的确，幸福的甜蜜大致相似，艰辛的苦涩却是各有不同。

　　早上出门，邻居大哥的电动车还如往常一样安静地停放在楼梯口，与以往不同的是，平时干净的车身上满是泥巴和水渍。我知道，他定又是凌晨回家，因昨夜的那场大雨，所以弄脏了车身，不知他是如何在风雨交加的夜里骑着那辆小小的电动车回家的。我们算不上熟识，只是偶尔碰到后会客气地聊两句，他每次都是笑脸相迎，我们大多数碰面都是在他正推车出门或进门之际。渐渐地，我知道了他在附近的企业上班，下班后再去兼职代驾。第一次知道他兼职代驾时，他脸上流露出不好意思的神情，解释道："我的工作时间不紧张，所以下班后再做点事儿。"问及几时回家，他答基本都在凌晨。四十多岁的年纪，瘦小的身材，可不知为什么，每次看到他穿着马甲、戴着头盔，骑在那辆小小的折叠电动自行车上时，总感觉他的身上有种力量。后来明白，那是一种烟火生活里的英雄的影子，那身代驾的装备像极了英雄的铠甲。

　　我不知道他的家庭组成，其家人我也从未见过。我猜想，他和我的年龄相仿，一样面临着上有老下有小的现实，他口里的"再做点事儿"也定是为了多挣点钱，让家人生活得更好。再想到在那大雨滂沱的夜里，他将人安全地送回家，从遮风避雨的车里下来，冒雨骑车回家的情形，他会不会让大雨迷了眼，抑或被雨水模糊了视线。在回家路上的那一刻，他会不会因满身的疲惫而对老天和人生有无数的抱怨。正如网络上那句热语所形容的："世人慌慌张张，不过是图碎银几两。偏偏这碎银几两，能解世间万种慌张，保老人万年安康，儿女入得学堂，柴米油盐五谷粮。但这碎银几两，也断了儿时念想，让少年染上沧桑，压弯了我们的脊梁。"这是一种悲凉，但我仍然相信他在那大雨如注的夜里，不会在乎迎面的雨，因为他心里明白，终会安全到家，家里有无可替代的温暖，有盏等待的灯始终为他而亮；他顺利完成几个订单后得到的好评与信誉，比路边的街灯更明亮；他必是欣喜而踏实的，说不定会抬头看看周围，觉得那雨不过是在为他洗去一天的疲累和满身的尘土罢了。

　　这就是每一个正在为生活奔波的普通人，在泥淖中挣扎，总得为自己找一抹仰望星空的光亮，照亮那颗疲惫不堪的心。生活里，也许会有崩塌的时刻，但第二天仍需不动声色地继续奔向前方。王小波说，生活就是个缓慢受锤的过程，最后变得像挨了锤的牛一样。即使变成了被锤打的牛，我们也需依然耕耘在自己生活里的那片庄稼地，因为那里面种植着生活里的希望。

再看，女性，三十二岁，河北邯郸人，在北京顺义工作。12 月 18 日，以及 22 日、23 日和 24 日，白天工作结束后，晚上 10 点到凌晨 2 点，在顺丰大件中转场兼职……让人不由得唏嘘。我在想，如果她没有这样的日夜兼程，她是否就不会被感染？但，如果终究是如果。

她的流调表简洁而清晰，让更多人看到她为了生活打拼的忙碌日常，感叹普通人的不容易，长吁短叹在城市中的负累艰难。而我觉得为了生活拼尽全力的她很美，且值得钦佩。生活于每个人，不分一线城市还是二三线城市，身处一线城市有马不停蹄的奔波打拼，但也有心怀理想与梦想的人每天都能因努力往前进一步的希望，所以大概不会觉得苦与难；身在二三线城市也许有更多的空闲时间，但也有因为规律轻松的生活而磨掉了勇气与锐气的人，所以大概也会觉得空与乏。

没有对比，就没有伤害。疫情中，有人在打牌、蹦迪、火锅、剧本杀，但更多的人是在上班、兼职、搬砖、挤公交车，拼尽全力的人没有退一步的选择，身处壕沟，依然有属于自己的星空。这位三十二岁的坚强女性，在被生活、工作塞得满满的空隙里，还转场兼职，在我看来这不是简单的兼职，而是在不同的舞台上演绎最美的舞姿。生有可恋，苦亦何惧，这恰恰是很多人欠缺的。作为身外人的我们，解读的是她的流调轨迹，感慨的是在生活里挣扎的自己。如果我们的行程被流调，断没有她的精彩和饱满。

欧·亨利曾在短篇小说《麦琪的礼物》中写道：生活由哭泣、微笑和抽噎三部分组成，而抽噎占据了生活的大部分。麦琪虽然生活里经常因为经济上的窘迫而"抽噎"，然而她拥有着最难得、宝贵的爱情，所以，幸福也是由自己来定义的。

流调表，对于普通人来说，是过往史；对于不向命运低头、在疫情中昂首挺胸的人来说，是一部奋斗史，在他们心里，就算头顶再黑暗、再逼仄，心底总会藏着一片轻轻闪烁的星空。

独自一人

单位有大小两间餐厅，早餐时，大部分同事喜欢围坐在较大的餐厅，一边享受着早餐的快乐，一边天南海北地聊着天。而我，喜欢默默地端着自己的那一份，走进那间小餐厅，因为小，因为没有人气，所以餐厅内极其安静。偶有同事经过门口，总会问道："怎么一个人在这里啊？""不好意思，我习惯一个人。"好多年了，这样的对白始终没有改变。有些事，就该一个人去做。

我不知道从什么时候开始体会到了独自一人的妙处。一个人异地求学，终于不必日日拿着试卷向父母请示、报告成绩，还可以计划自己的周末，妙不可言。人生第一次有了放飞的喜悦，从此故意安排一些与众不同的日程：清晨五点半，带着一本英语辞典去校园的角落，一个人毫无顾忌地背上一阵单词；六点钟，趁着学校餐厅人员稀少，悠哉地吃一顿喜爱的早点；七点半，和那些哈欠连天的人擦肩而过，准备在教室寻个最佳角落，安安静静地等着老师来上课。这样的清晨，我不受任何干扰，穿行在独立的空间，遵循着独自的安排，心里装着独享的秘密，快乐油然而生。

工作之后，我依然喜欢一个人悠然自处。办公室不大，却可以隔开外面的大千世界。这时，我跟另一个自己说："工作不容易，却充满自由。"每天做完手头的工作，在夹缝里挤出时间来读书、写作，用细腻的笔记录独处的奇思妙想。下决心锻炼身体时，去健身房跑上五公里，跑步机旁的陌生人让我不必计较跑步时的姿势是否优雅、速度是否科学、穿着是否与运动匹配。汗涔涔地回到家，一个人在书房里喜滋滋地看着今天的步数，用朋友圈发一则私密的记录，踏实而快乐……

有人说，孤独是失败的；也有人说，孤独是残忍的。在我看来，中国式的表达，或者说中国人的生活，永远都是仁者见仁、智者见智的。往往，陶渊明的"采菊东篱下"，惹得天下人羡慕；李白的"对影成三人"，更是众人不可及、不可触的境界。在我看来，独自一人并不是孤独，而是一个人的信仰、追求和风骨。

我时常想，人在无关紧要时，可以与人为伍，可是在至关重要时，往往是独自前行。高考之际，虽然有无数人用关切的目光将你送入考场，但当你坐在肃静的教室里环顾四周时，何尝不是一个人勇敢地面对；疫情时，你若是从中高风险地区返回居住地，何尝不是一个人坦然地去做核酸检测；体检之时，躺在毫无情感的仪器上，做各种检查，何尝不是一个人默默地面对……

孤，将一些人摧毁；独，却将我救赎。生命中，越有关个人成长的事情，越应该一个人去做。不一定要抗拒人群，只要人多，哪里都很热闹，可孤独却是稀罕的。有了独处，才有机会与灵魂对话，生命才会自由，它不必迎合谁的喜好，不必等待谁的步伐。直至今天，我仍然每天都给自己"隐身"的权利，走进书房，关掉手机，打开书本，畅游书海，以书籍构筑我的另一个世界。我就是一只以书为翼的大鹏，翱翔自由的天空；我就是一个以书为剑的侠客，仗剑天涯，寻觅心灵的知己。

卡夫卡说，要得到智慧，唯一该做的事情就是"聆听、沉着、安静，以及独处。世界会摘掉面具，放下挑剔，以赤裸裸的面貌，在你的脚下欢欣地展开"。

帕斯卡也提出了相似的见解。他认为，人类所有的不幸均来自一件事，那就是不知道自己是孤零零一个人，平静地待在一间锁起来的房间里。

一个人的时候，从来都不可耻，孤独是一种价值，这种价值在自处中积累与修炼，很多人纵身入山海的辉煌之前，都有孤独的坚定探索。这些年，我最感激的不是自己，而是难得的孤独体验。经历让我明白，形单影只、孑然独立终是人生的常态，三五成群、与人为伴总是不靠谱的例外。

匠心·规矩

从爷爷那辈开始，我们家传承了两代匠人，父亲和二叔从事了瓦匠这一职业，四叔从事了木匠的行当。在那个"荒年饿不死手艺人"的年代，爷爷靠着瓦匠的手艺，领着一家人挺过了最为艰难的日子。

在我的眼里，爷爷是和蔼可亲的，但是从父亲讲述自己做学徒的种种经历当中，我明显感觉到爷爷又是那般严厉，甚至是有点残忍。从父亲手上的一道陈年伤痕可见一斑，那是因为一道砌歪的墙，是爷爷对他的惩罚。事后，父亲牢牢记住了一句话：路走歪了，变坏人；墙砌歪了，砸死人。

在我老家有一句俗语：乡下木匠懂规矩。这里说的"规矩"，并不是墨守成规，而是一份郑重，是对于所做之事的虔诚和尽力。对于乡下木匠来说，什么样的活该接，不同的活该干到什么程度，都有不成文的规矩。比如，不抢同行的生意，如果因为竞争影响了别人，大多也会考虑给同行留点活干，凡事留有余地。

包括饮食习惯，也是有说法的。比如，不完工不吃鱼，父亲那一辈人的生活清苦，家里请来了木匠，自然是拿最好的饭菜予以招待，特别是鱼肉类，在那个年代属于稀罕物。而木匠通常只吃普通的菜，在完工那天才肯动筷吃鱼。木匠们这样做，是不想让东家为了盛情而破费，是一种换位思考，是贫寒岁月里的相互体恤。

再比如，木匠对工具摆放也是有规矩的，锯齿一律朝内，不允许"亮牙"。我四叔的口头禅是："亮着个牙，一看就不怀好意。"这是木匠对锯齿朝外的危险性极为形象的描述。年轻的学徒工倘若一时疏忽，让锯齿"亮了牙"，会遭到师傅最为严厉的责骂。除了"亮牙"是大忌，木匠还有一句话："木匠的腿有一锛。"这其实是一种安全隐患意识。常年用锛，难免伤及自己，他们把这样的伤害理解成不可避免的职业遭遇。这句话，既是提醒，也是警戒，时刻提醒自己的工作状态，不可疏忽大意。

我喜欢木匠这个行当，缘于四叔对我特别的喜爱。小时候，四叔走东家转西家，只要时机允许，他一准会带上我。至今，我依然记得当年在一户刘姓人家上梁时的情景，四叔攀上房顶，放了鞭炮，然后像天女散花一样，向人群里散着糕点和糖块。我夹杂在哄抢呼叫的孩子堆里，仰脸看着端坐在房梁之上的四叔，眼神里充满了向往，似乎体会到了做木匠的那种荣耀。

俗话说，长木匠，短铁匠。意思是铁器如果短了，可以再抻一抻；木头若不留有余地，就很容易陷入被动。我开始留意起木匠这个职业。后来，木匠开始用上了电刨，不再需要拉锯、刨木。当然，还有更多高科技的器具应用到了木工之上，电锯、曲线锯、打钉枪逐渐替代了传统的锯子、刨子和锤子。然而，新工具的使用风险陡增，村里有个老木匠，被电刨飞脱的砂轮伤及耳朵，从此心理和生理落下了阴影。我也觉得这是个高危的职业，飞速的齿轮、钻头，还有那些看起来令人轻松的新工具，使用者稍有走神，就可能"吃人"。我又时刻为四叔担心起来，每每跟他提及这事，他都憨憨地笑道："舍得笨功夫，守着老规矩，不会有事的。"还别说，四叔直到完全离开木匠这个行当时，真就没有少一根毫毛。

我突然想起看过的一则故事，有个石匠在夜晚回家的路上遇到两只狼，于是躲到路边的一块巨石旁。狼想要往上冲，他就用随身携带的锤子和錾子敲打巨石，迸溅的火花把狼给吓住了，不敢靠前。石匠累了，停歇的时候，狼又来了精神，想要伺机进攻。石匠索性不再停歇，不停地用锤子和錾子敲击石头，直到天蒙蒙亮，两只狼悻悻离去，石匠才拖着疲惫的身子回了家。附近村民路过此地，发现他们每天经过的那块大石头，一夜之间变成了一尊佛像。十里八乡都觉得这是神来之笔。那个石匠根本就没有想到，自己为驱逐恶狼的一番敲石动作，竟然雕刻出一尊栩栩如生的佛像来。

这则故事出自《海阳县志》，记载的传说不知是真是假，但我宁愿相信这是真实的。在匠心与规矩之间，其实是人与自然的统一，是对技艺的自信、章法的遵守、生命的敬畏。匠人在年复一年的劳动中，习惯了流程，遵守着法则，对自己的职业有情怀，对从事的手艺有温度，这一切都是在不自觉和无意识中发生的，匠人与"佛像"之间就有了潜在的关联。都说

"佛度有缘人"，佛又何尝不佑规矩人呢！

　　我最终没有成为木匠，不知道这算不算遗憾。但是，父辈们所说的规矩，我却始终牢记于心。职业是安身立命的保障，心怀敬畏，方能有所止；绳趋尺步，方能无所害。让生命不再有伤，让家庭不再有痛，才是天下匠人守则的根本。

口　罩

在小区里散着步，走着走着，心塞了。小径旁、花坛里有被丢弃的口罩，水池里、树梢上漂浮着、悬挂着各种颜色的口罩。树枝上挂着的口罩借着风飘摇着，像是在呐喊，像是在哭诉，又像是在无力地摇头。

我是一个对温度很敏感的人。整个冬天，气温居高不下，某一天，居然热到需要脱下羽绒服，换上单薄的棉衣。在公园的河边汗涔涔地走着，想象着这错乱的季节会不会发生不一样的事情。很显然，我有点杞人忧天了，能有什么事呢？在跟一位辽宁的朋友聊天时，她说，这个季节太不像冬天了，我们可能会在下一个季节碰到麻烦。这是玩笑话，却没想到玩笑成真了。

米兰·昆德拉说，一个伟大的时代，总是难免一些糊涂和莫名其妙的伤害发生。这个春天，由于特殊的疫疾而毁了，一场灾难，其影响之广、之深，完全在我们的预判之外。

英国诗人约翰·多恩说："没有人是一座孤岛，可以自全，每个人都是大陆的一片。"可是当有些事情发生时，人真的可以变成一座孤岛。人的适应性很强，躺在自己的房间里，透过阳台望向星空，想着人世间的事情，想着人的渺小，心，就真的静了下来。不久，气氛越来越凝重，各种传闻纷至沓来的同时，我也在正月初二被单位召回工作岗位，这让本就紧张的心多了一些忐忑不安。因为无法预判，我们就毫无防备。似乎于一夜之间，各种药品、消毒液、洗水液、一次性手套，甚至是一枚普通的小小的口罩都成了稀缺物。我放下无聊的手机，加入抢购的队伍，药店、网上亦是一罩难求，我心里想着，这蓝色的口罩突然像神盾般具有魔力了。当然，还有很多人感叹：这个时候能为你送来口罩的朋友，才是真朋友。一枚口罩，在这特殊时期，已然不仅仅具备它的市场价值，而更是能为你阻挡病毒的武器，帮你渡过难关的利器。熔喷无纺布面料，简单的三道褶子，简单的挂耳，就这么不简单地疯狂涨价并脱销了。它到底有多珍贵，查一查淘宝的时价，就能明白。

我记得曾经看过一幅图片，那是2003年"非典"肆虐时，某大学校园里的一对情侣，被隔离开之后，只能戴着口罩在铁栅栏内外短暂地聊会儿天，他们的样子被拍成照片，登在报纸的头版。这幅图片没有名字，我冒昧地为它起了一个名字——《戴罩说爱》。巧合的是，三月《时尚》杂志出了一期抗疫专版，封面是一对男女青年，好貌相，戴着口罩，相触而吻，这幅照片有点"发乎情，止乎礼"的味道。一个拥吻，代表着坚守爱情；两个口罩，暗示着守护生命。

的确，从现在收集到的很多数据来看，一些确诊者在公共场合均因全程佩戴口罩而未造成他人感染，不能不说这是口罩的功劳。戴着口罩，会让呼吸变得困难，每次都得用力呼吸，老想着摘掉它舒畅一番，可是一想到人生只有两件事——生与死，除此之外，并无大事，戴上口罩又算得了什么。再转念一想，还有多少人因为买不到一只口罩而待在家里，我们能够有这个"护身符"，还不够神气吗？

朋友说："春节前飞来我家窗台花盆里做窝产蛋的喜鹊，有一只小喜鹊已经飞走了，不知道这小家伙去哪里安家了。不过想想外面疫情如此严重，我却为一只小鸟担忧，有点全无心肝。"我说："外面皆自然，自然就是由人、鸟和花草组成的，缺一不可。"尊重任何生命，感恩所有过往，包括一只鸟儿、一只口罩，这样的人间才是天上人间。

鸟儿无知，依旧聚集闲逛，榕树的新梢迟迟未发。人是很奇怪的生物，有时候记性很好，有时候忘性也很大，不然不会有"一朝被蛇咬，十年怕井绳"的古语，也不会有"好了伤疤忘了疼"的俗语，疼痛得再严重，也会遗忘它，只选择性地记住那些让人眼睛一亮、怦然心动的场景。我们遭受的灾难并不少，洪水、病疫、地震，在生活的行进中，遇到了一次又一次。有人说，我不怕灾难，我们害怕明天的生活配不上这场灾难。我也想说，我不怕新冠疫情，我害怕明天的言行对不起这场灾难。

最近，我看到了一段文字，是对疫情结束之前一直佩戴口罩之人的全面评价，全文如下：一是他严格自律，人靠谱；二是他尊重科学，有文化；

三是他懂得敬畏，有底线；四是他善于忍耐，有韧性；五是他服从大局，境界高；六是他关爱他人，有爱心；七是他不缺口罩，有实力。

可见，对待一只口罩的态度，就能客观地反映一个人的品行。疫情时期，口罩也像大地一样——厚德载物、呵护众生，阻止了病毒的蔓延，保护了千千万万的生命。我们相信，暖风会从东南方向吹过来，日子总会恢复到原来的模样。只是，在经过这个不寻常的春天之后，我们要懂得"口罩不是无情物，化作屏障更护人"，更要懂得对曾经有恩于己的人或物，多一些"涌泉相报"，少一些"过河拆桥"。

来江南 声声慢

要写一手漂亮的毛笔字，描红是必不可少的一课。我记得我描红的红模子是："暮春三月，江南草长，杂花生树，群莺乱飞。"日复一日地写着、描着，笔下的字突然间就幻化成了江南美景。都说"书读百遍，其义自见"，这话真的应验了，其实这十六个字是挺难写的，一如这江南的美，说得尽，又说不尽。

任何一个人都很容易被江南俘获，被她关于人生和爱情的种种许愿与记载俘获，也被她盛大的烟雨、清幽的莲雾和凄美的传说俘获。然而，我更倾心小桥流水、月笼秦淮；看高涨得如欢呼般的莲叶，看富饶的阳光、被照亮的事物及其纹理；喜欢临一大面湖水，看波光浩渺、菖蒲丰茂，心里即有飞鸟的喜悦；喜欢加了糖的空气，香樟、桂花、栀子、茉莉，这些免费的蜜饯给人以幸福感，令人唇齿生津，觉得世间一切悲苦皆可忍受；在一个不知名的山顶，俯瞰郁郁葱葱、蓬蓬勃勃的密林，感受生命的原始、澎湃和不朽……无疑，梅林、园圃、茶竹、琴榭、轩窗，这些属于江南独有的舒适，占据了我的心。

在我的精神王国里，有两个截然不同的世界：在北方，我渴望江南的雨和春天；在南方，我怀念北方的雪和深秋。雨，是钟情江南的，就像雪偏爱北国。只要一场夜雨，江南便可湖圆汉满，水汽盈天。江南多雨，与其说是雨爱上了江南，不如说是这里温和的好脾气娇惯了它。万物皆有性，性近则易安。雨天写下的文字就像雨天出生的人，墨迹淋漓，难免缠绵。忽略雨的鞭责，且听雨的教诲，无心有心，有意无意。在我的心里，雨是自然之物，雨天属于道家，适宜参禅悟道，慢慢来，急不得。

江南的小巷和人一样，时间久了，就有了独特的气质和秉性。我想寻一条石板铺街的小巷走一走，在这万家沐雨的静默中，体会小巷别有的风情。小巷的名字，附着浓浓的江南风情和人文气息，丁香巷、滚绣坊、草桥巷、瓣莲巷……我尚新，骨子却是怀旧的。有雨的小巷，没有丁香一样的姑娘，我只得跟随着一路伞花，深深浅浅地在小陌上游荡。有几处闲庭院，虚掩着门，院角的石榴树、墙头的雨芭蕉，有点红楼，有点西厢，还有一点王谢风流。心中微动，默念起柳永的《鹤冲天·黄金榜上》来："烟花巷陌，依约丹青屏障。幸有意中人，堪寻访。且恁偎红倚翠，风流事，平生畅。青春都一饷。忍把浮名，换了浅斟低唱！"唉，可不能跟他学着蹉跎人生，雨天适合慢慢地读一本《花间集》，这书最好是线装的。

古人尊书，什么事都分得很清，"怒写竹""喜绘兰"，"刚日读经""柔日读史"。我愚钝，猜想这"柔日"就是指江南烟雨霏霏、婉转悠远的日子吧。雨中的我，斟一盏茶，看窗外黑云翻墨、白雨跳珠。喜雨也好，新雨也罢，慢下来，听自己雨中的读书声。

江南有雨，但这不是生活的全部。这里还有鼋头渚的浩渺烟波、寄畅园的幽静清凉、南长街的精致市井……她们满足了我对人生之"显"和"隐"的想象。我尤喜江南的美食，甜糯、温婉、柔绵，用"误入藕花深处""沉醉不知归路"来形容再恰当不过。既然误入，那就直入；既然沉醉，那就陶醉。

信步去感受江南的舒适感和微醺感。置身园林、曲水叠石间，似有人影婆娑、暗香浮动；漫步于私庭间，惊叹这些深阔美奂的世家大宅，那一砖一石，一雕一柱，皆是人家满世界采集而来的，凝聚了几辈人的雅兴、智慧和银两。

站在江南这块神奇的土地上，常有一种恍惚之感。有时觉得富庶与浮躁，但有时又会觉得精致和细腻，它们和谐共生，奇妙融合。我把这复杂的心情说与友人听，友人说，去听一听苏州评弹，那别有韵致的绵软腔调，会让你懂得"富"是江南的假面具，"慢"才是江南的真性情。《红楼梦》里的贾母说，听戏要隔着水才得其韵。于是，我踏上一艘夜游船，在波浪中一步三摇，听起苏州评弹来。唱评弹的姑娘身穿一件素雅的旗袍，指尖一动，滑过我慵懒的神经，悠扬的丝弦声和清丽委婉的唱腔，仿佛让时间静止了。夜游船上听评弹，别有滋味。有多少人在听，又有多少人听得懂，并不重要。这余韵悠长的琴声，是吴山越水的背景，也是吴山越水的灵魂。

姑娘一字一顿地唱着："人面不知何处去，桃花依旧笑春风。"弦索叮咚声由耳入心，砌入了粉墙黛瓦，融入了亭台楼阁。她们隐于世，安静地仰着头，既高傲，又谦虚。

北宋郭熙说，自山前望山后，谓之深远。我想，来江南，除了欣赏画面的纵深感，还要透过层层表象，触及深远的内涵，可视的事物，表现到了无尽，也已尽了。

感谢那些把我带入雨夜小巷的人，感谢那些引我步入桂花幽径的人，感谢那些教我参透岁月静好的人。江南的美，与人有关，与书卷有关，也与"慢工出细活"有关。

敢问路在何方

　　读书不是向茫茫人海炫耀的资本，而是立于人世间的根本。读完一本书就要有一本书的收获，这是我对读书的定义，也是大人从小向我灌输的思想。这份初心，从不曾忘。

　　关于玄奘取经的书籍、影视剧有很多的版本，打动我的不是那些光怪陆离的故事，而是玄奘取经的坚毅之心。他曾在西天取经九死一生的凶险之地——莫贺延碛，说过这样一句话："宁可就西而死，岂能东归而生！"

　　内心深处的某个情结，促使我特地买来杨洁导演的作品《敢问路在何方》，我想知道这部给我们童年带来无数快乐的《西游记》背后的故事，更想读懂它带给我怎样的人生启示。

　　20 世纪 80 年代，是拼搏的年代，是奋斗的时代，是奉献的年代。这是实话，也是实情。

　　我想，做任何一件事的动机，往往能够在结果上体现。《西游记》能够千次、万次地重播，当然缘于剧组全体演职人员有当年玄奘取经的精神和毅力，他们甘苦与共，六易寒暑。正应了那句：一年年含辛茹苦经冬夏，几万里风霜雨雪处处家。

　　爱画画不一定会成为画家，爱唱歌不一定会成为歌星。但是一旦做了，那就用一生去修行，当作毕生的功课去追寻。杨洁导演即是如此，《西游记》所需的拍摄景点，她一个一个去寻找。在"三打白骨精"的外景地，他们一行人险坠黄狮寨，事后，她看着崇山峻岭、高山悬崖，淡淡地说："是张家界的灵气救了我！"

　　从古至今，无杂质的澄澈，无杂色的纯净，无条件的高洁，始终是人们向往的高尚境界。从王昌龄的"一片冰心在玉壶"，到陈毅的"伸手摘红叶，我取红透底"，表达的都是对至直、至纯、至诚、至善的赞颂与追求。杨洁导演何尝不是如此，她的拍摄之心应该是静远之心、仁爱之心、感恩之心，这样的人，怎么少得了神仙的暗中相助呢。

任何事业都少不了人的参与，拍摄了六年的《西游记》更是如此。小时候，即使看到身披袈裟的唐僧有模样上的差异，心里也不曾有过怀疑，一部电视剧，总不会有几个唐僧吧。后来看过一些背景介绍，还真的验证了我过去的疑惑。大家都知道，饰演唐僧的有三位演员：汪粤、徐少华和迟重瑞。杨洁导演说，汪粤去拍了电影，徐少华去了山东艺术学院。想起来挺有意思的，三个徒弟，无论是动不动就吵着要分行李的猪八戒，还是大闹天宫不服管束的孙悟空，都能踏踏实实、有始有终地完成自己的角色，获得了成功。而本应该是最坚决的取经人唐僧，两位扮演者却恰恰没能坚持到底，他们一个更重视电影，一个更重视文凭，都离开了取经路，半途而废了。只有这在楼梯上偶然相遇的最后一位，却将取经任务进行到底，和这个电视剧一起成功了，也许这就是缘分吧！

杨洁导演的这段话，给了我极其深刻的印象。有时候命运给你送来一块木头，你可以选择让它慢慢腐朽，也可以选择让它熊熊燃烧。

说完了人，再来说说马。我是属马的，自然对马格外亲切，对那匹有情有义的白龙马，更是情有独钟。可是当我合上《敢问路在何方》一书时，一种伤感涌上心头，它竟然是一匹军马，它和唐僧师徒一样，经历了坎坷，出生入死好几回，可是它后来的命运却令人唏嘘。杨洁导演说："当年在内蒙古草原拍摄马群时，那匹可爱的白马是那么的英姿挺拔……后来，它因为衰老而被排斥、被疏忽、被看成累赘……人尚且如此，何谈一匹羸弱不堪、不能讲话的老马呢……"

当作者正写得满眼是泪的时候，也正是心里爱意绵深、温暖无边的时候。在杨洁导演的这段话里，我真实地感受到了这一点。她和无数的文学创作者一样，无不希望通过作品作用于人的精神，使人性更善良，心灵更纯洁，灵魂更高尚，社会更美好。

有人读《西游记》读出了"九九八十一难"，就像有人读《岳阳楼记》读出了"先天下之忧而忧，后天下之乐而乐"。而我，却在《西游记》里读出了"披荆斩棘，一路将尘埃荡涤"，在《岳阳楼记》里读出了"不以物喜，不以己悲"。

这遥遥十万八千里，到底是什么样的征程啊？有人说水远山高，有人说路多虎豹，有人说峻岭陡崖难越，有人说毒魔狠怪难降。我也有自己的读后感，借用范仲淹的话：微斯人，吾谁与归？

南方北方说饺子

中国人的"春节联欢晚会"是名人、名牌的孵化器，只要在春晚走上一遭，必定红遍大江南北。《五官争功》《宇宙牌香烟》《涛声依旧》这些堪称春晚经典的节目，时至今日，依然令人难忘且不时回味。

可是，谁也没想到，春晚还硬生生地捧红了饺子，使它成了过年的标志。

饺子怎么就成了春节的主咖呢？这还得从 1983 年说起，那一年，中央电视台举办了第一届春节联欢晚会，舞台还没有如今这么绚丽，音响效果也很一般，观众对其却充满着期待。主持人的一句："过年好！你们吃饺子了吗？"令亿万国人印象至深，也影响至今。

事实上，饺子最初是一种北方食物。大年三十包饺子，对北方人来说，是有重要意义的家庭仪式。曾经有有心人绘制出年夜饭地图，年夜饭吃饺子这一习俗主要分布在北京、天津、黑龙江、辽宁、河北与河南等地区，都在长江以北。而南方人的年夜饭，和饺子无缘。

过年吃不吃饺子，原来泾渭分明，但在春晚主持人三十多年的喊话下，变成了全国通行的习俗：不管会不会包，都吃！就这样，饺子被捧成了新春佳节的象征、饮食文化的图腾。试想一下，如果考虑南北饮食的不同，春晚主持人拜年的时候这般问候：过年好！大家吃汤圆、春卷、八宝饭、年糕……了吗？这报菜名式的问候，就真得无止无休了。

有人说，北方人对饺子的感情是刻在基因里的，血液里都流淌着饺子汤。梁实秋就曾说过："北方人，不论贵贱，都以饺子为美食。钟鸣鼎食之家有的是人力财力，吃顿饺子不算一回事。小康之家吃顿饺子要动员全家老少，和面、擀皮、剁馅、包捏、煮，忙成一团，然而亦趣在其中。"这份深沉的爱，源于一千八百多年前的故事：东汉末年，一个大雪纷飞的冬日，医学家张仲景辞官回到老家河南南阳，他看到乡亲们饥寒交迫，很多人耳朵都冻烂了。于是张仲景架起大锅，在冬至那天，给穷人舍药治伤，这药名叫"祛寒娇耳汤"。

"祛寒娇耳汤"里面有什么？将羊肉、辣椒和一些祛寒药材放入锅里煮熬，煮好后再把这些东西捞出来切碎，用面皮包成耳朵状的"娇耳"，再下锅煮熟。人们吃下"娇耳"，喝了驱寒汤，觉得浑身温暖，两耳生热，原本溃烂的耳朵竟然奇迹般地好了。这番施药行动，从冬至持续到大年三十。为了辞旧迎新，也为了祈求安吉，大年初一时，人们仿"娇耳"的样子，做成了过年吃的食物，饺子从此有了温暖的开端和祈福的寓意。

其实，在"皮包馅"这道功夫上，南方北方都一样。所谓"北饺子，南馄饨"，南方人爱吃的馄饨，跟饺子是同宗同源。西汉扬雄《方言》："饼谓之饦，或谓之饦馄。""饦馄"就是后来的馄饨。据三国魏人张揖著的《广雅》记载："今之馄饨，形如偃月，天下之通食也。"馄饨像弯月一样，跟如今饺子的形状很像。

因此，有人认为古人的馄饨和饺子是同一种食物，宋朝之后，饺子才慢慢从馄饨中分离出来。说到底，饺子、馄饨一脉相承。

今天的馄饨，在不同的地方有不同的叫法。比如两广地区叫"云吞"，四川叫"抄手"，长沙叫"饺饵"，闽南一带叫"扁食""扁肉"……从名字就可以看出，它们之间有着不浅的亲缘关系。而饺子也发展出众多派别，比如天津素饺、山东海鲜饺、陕西酸汤饺、山西蒸饺……不仅如此，饺子还有很多近亲——上海锅贴、广东虾饺，还有潮汕地区的酥饺，饺子已然南北通吃。

更令人没想到的是，到了岭南客家人这里，包饺子这门技艺还延伸出了新的技法：酿。

据说，客家人的先祖因战乱从中原地区辗转迁徙到岭南地区。在先祖的故乡，他们也吃饺子，但到了这里，他们却找不到面粉。乡味难寻，怎么办？岭南地区少面粉，但盛产各种蔬菜。于是，客家人也不多做纠结，干脆就地取材，用蔬菜来做饺子皮，填塞馅料。没有想到，他们从此打开了新的厨艺大门：酿菜，一切皆可酿之。

客家人"酿"一切，将包饺子的技艺发挥得淋漓尽致。从这个角度来说，"包"也好，"酿"也罢，寻究起来，天下都是一家。俗话说：大年三十吃饺子——没有外人。于是乎，在这阖家团圆的日子，一顿饺子，吃的是美味，聚的是亲情，唤醒的是人们骨子里顺心惬意的情怀。

七夕之美

　　最近，我迷上了连环画，待在书房里，一看就是十几册。我尽可能地回忆自己小时候购买或阅读连环画时的喜悦，那是一种发自内心的喜爱，甚至是痴迷。对我来说，有多少文学经典是从连环画开启的，已很难说清，但《梁山伯与祝英台》《孔雀东南飞》《牛郎织女》这些极具魅力的民间传说，正是通过一本本连环画深入我心的。可以说，薄薄的连环画，让我幼小的心灵在不知不觉中触摸了风花雪月，见识了儿女情长。

　　中国的传统节日往往和一个人、一件事有着紧密的关联，屈原成就了端午节，介子推成就了寒食节，神话传说中的牛郎与织女，则让中国诞生了"情人节"。按照蒙曼老师的说法，"月上柳梢头，人约黄昏后"的元宵节才是中国的情人节，农历三月三的上巳节也是中国古老的情人节。我有点不解，难道冰雪消融、大地春回、万物萌动之时，爱情也该萌动了吗？转念一想，不管是元宵、上巳，还是七夕，都与青春的美好、生命的喜悦、凄美的爱情有关。

　　唐宋时期，七夕节又叫"乞巧节"。唐朝神童林杰，写过一首《乞巧》诗："七夕今宵看碧霄，牵牛织女渡河桥。家家乞巧望秋月，穿尽红丝几万条。"这应该是七夕节的正解。唐朝诗人杜牧也有诗《秋夕》："银烛秋光冷画屏，轻罗小扇扑流萤。天阶夜色凉如水，坐看牵牛织女星。"

　　林杰和杜牧都不约而同地提及牛郎和织女，如此看来，他们的故事在唐朝已是妇孺皆知。正是鹊桥相会的故事，为七夕节注入了爱的源泉。中国古代讲究男耕女织，牛郎织女就是这种生活方式的形象代言人，他们本本分分，苦心经营着自己的小家庭。更重要的是，尽管他们遭遇不幸，被迫分离，一年只能相见一次，却彼此守望，彼此忠诚，这是对"两情若是久长时，又岂在朝朝暮暮"的最好写照。七夕节公开的活动是乞巧,但背后却是人们在祈求爱情。这契合了柏拉图对爱情的描述,当心灵摒绝肉体而向往着真理的时候,这时的思想才是最好的。而当灵魂被肉体的罪恶所感染时,人们追求真理的愿望就不会得到满足。当老牛出现的那一刻起,就注定这将是一段刻骨铭心的爱情。洗澡、偷衣、结婚、生子,没想到一头沉默的老牛也能担起媒人的重任,将一位如花似玉的仙女嫁给一个苦水里泡大的放牛郎。

流传至今的故事,版本一定众多。我记得小时候的一个夏夜,说故事见长的外公跟我讲过一个精彩的故事:"很早很早以前,有一个放牛郎,嫂子对他不好,丢给他几个窝窝头,说去老河滩放牛,原本九头牛,偏偏要他回来的时候变成十头。牛郎赶着牛走了,在老河滩上放牛的牛郎很是伤心,怎么才能让九头牛变成十头呢?"外公继续讲:"吃了几天窝窝头的牛郎在河滩上哭泣,忽然听见不远处传来一声牛叫,抬头一看,真的多出了一头牛来。"接下来的故事更为精彩,但我不想重述这悲伤的故事。在中国古代的传说中,大多数是团圆的结局,唯独牛郎和织女不算,王母娘娘的一只金钗在天上一划,就生出一条宽阔的银河来,只允许他们一年一度相会,剩下的时间迢迢相望。

外公讲完这个故事后,很长一段时间我都沉浸在如梦如幻的故事之中。那年仲夏,我还傻傻地坐在外公家的葡萄架下,摒弃一切干扰,想听一听牛郎与织女这对眷侣的私语。小时候,不太懂牛郎织女两地相思之苦,却很羡慕他有一头神奇的牛,外公家也有一头牛,我偶尔也会牵着那头老牛在田埂上走。风穿过田野,吹过家乡的河流,我想,什么时候自己也能邂逅一段旷世情缘,在某位美丽的女孩路经此地时,向她表述无尽的爱恋。

秦汉乞巧,置蜘蛛于木盒结网,以网线疏密为准,巧者密,乃寄予天意。这样的方式未免有些随机,在暗黑中隐藏的一只小蜘蛛决定了一个女子的快乐和失落。这个夜晚对于她来说无疑是漫长的,双手在胸前紧握,祈求那只蜘蛛辛苦织网,如此,自己才能收获如意郎君。

在我的梦里,外公讲的故事仍在继续,长长的田埂,悠悠的白云,缓缓归来的老牛,一如乡村般静谧,牛郎那明净的眼眸,藏着几许深情。或者,还有一双白皙的手,巧笑倩兮,迷醉了今生。

七夕一日久,恩爱比天长。在我看来,七夕不是"七月七日长生殿"的瞬间浪漫,而是"平平淡淡才是真"的永恒归宿。

切花之悟

　　花是属于物质的东西，但是，在我的心里，她更多的是代表着精神层面。悲伤时，即使所见之处皆是姹紫嫣红，也会心生"感时花溅泪，恨别鸟惊心"之意；欣喜时，看到的总归是"红杏枝头春意闹"。原本与人类情感无关的花儿，都在"以我观物"的过程中，沾染了观察者本人的情感，此时的花不再是花本身，而是情感的延续和递进。

　　年轻的时候，我们过的日子简朴、粗陋，买花、赏花绝对是一件过于奢侈和浪漫的事。虽然县城的花店有很多，但也只是在辞旧迎新时，买回一盆水仙，在春天将至未至的时候，让家里飘荡起春天的味道。翠叶、白花、黄蕊，一副淡雅的仙姿，让家的气息更浓了。

　　那时，有一部电影——《卖花姑娘》，里面有一段插曲："快来买花，快来买花，卖花姑娘声声唱……"旋律很好听，大家都爱唱，唱着唱着，宛如眼前真有一位丁香一样的姑娘，挎着花篮，走过大街小巷。现实中，我遇到的卖花者，却是一位白发苍苍的老奶奶，她在街上一边判断顾客，一边大声地叫卖："买花啊买花，清香无比的栀子花……"我不是被她的叫卖声所吸引，而是被一股浓郁的栀子花香锁住了脚步。只见她手里捧着一块薄木板，上面整齐地码着几排洁白的栀子花，袭人的香气就是从这花蕊散发出来的，仿佛是为老奶奶颇显苍白的叫卖助力。她大概看出了我的年龄，微笑着说道："买花吗？给家里的孩子买两朵吧！"这句"给家里的孩子买两朵吧"触动了我的心思，想起小时候每到栀子花开的季节，母亲都会用针线在我的胸前缝上一朵栀子花，那沁入心脾的花香伴我读书、入眠。

　　我短暂的回忆，在老人看来或许是在犹豫，她连忙说："五毛钱一朵，一块钱三朵。"我从衣兜里掏出十块钱递到她手里，微笑着说道："你手上的这些，我全要了！"

时光流逝几十载，其间人世的风景看了不少，春来秋往，花花草草，也曾寓目，不过，出于总是匆匆忙忙之故，花事并未特别在意。如今，人到中年，古人的七大雅事"棋琴书画诗酒花"终于可以时常面对了。从养花开始，试过几次，终因阳光、通风，还有自己的手艺不好，花草不久就凋残了，阳台上只剩下空荡荡的花盆。有一次，和邻居在电梯里偶遇时提及此事，他的眼睛顿时一亮，说道："像你这成天上班的人根本没工夫养花，我在前面十字路口经营着一家花坊，你如果真的喜欢花，就去我那里定期带点切花回来。"

我每次去花坊，邻居都会把最新鲜的花朵送到我眼前，供我挑选。从他那里，我陆续带回玫瑰、百合、剑兰，还有郁金香、睡莲、茉莉、大丽花。这些"花客"到家，我就忙活开了，将花瓶注入活水，打理枝叶，一一安顿。满眼望去，正所谓"粉霞红绶藕丝裙，青洲步拾兰苕春"，暗香浮动，厅堂果然蓬荜生辉了。

英国诗人布洛克说过："经过多少世纪，才造成了一朵小花。"一朵美丽的花能来到这里，真不知走过了多少迢遥的生命途程，实值得我们当作贵宾对待，若是进了家门，不用一段时间好好晤对她们，那就实在太怠慢了。之前，我将切花称作"花客"倒是有点失礼、失敬了。

遥想起母亲在我胸前缝的那朵洁白的栀子花，鼻子轻轻抽了一下，情不自禁地脱口而出"真香！"也许所有的孩子与花都有天然的情缘，对花都会禁不住地喜欢。那几日，我的内心是娇柔多情的，说话声也更清朗。我不敢肯定是否是几朵栀子花的魅力所致，也或许是我在花香中闻到了浓浓的亲情，感受到了幸福。又过了几日，如玉的花瓣稍有发黄，我小心翼翼地将她取下，放在枕边，像一段舍不得离开的梦境。现在想来，小小的花，也能带来偌大的满足啊。

"弱植晚兰荪，高操摧冰霜"，每位"花客"都有不凡的姿色、品格和故事。真是说来话长，这个时候，就如杜甫所说的，"繁枝容易纷纷落，嫩蕊商量细细开"，为让她盛开的时间更长，非但要勤于换水，还要关心她们的灭菌和营养。花懂人关心，细心呵护她们，她们确实会"细细开"，仿佛在有意延宕时间的步履。

然而，我知道，她们一旦盛开，可持续的时间就太有限了，凋谢几乎与盛开同时到来。在这一点上，世上大约没有什么可以与鲜花相比，这就特别容易令人联想到人生易逝而为之伤感，抑或兴起别种浪漫情思。的确，"林花谢了春红，太匆匆"，所以，苏东坡感慨"只恐夜深花睡去，故烧高烛照红妆"，吐露其不胜珍爱之心。我的观察是，花朵在盛开时，最吸引人的，非仅仅是色彩，非仅仅是姿态，更是一种斗志昂扬的生命力。在这个"高光时刻"，她们周身都笼罩着一派光华，似乎在展示一种神圣的天启。有时真不该白白错过，看花人需要点亮心上的"高烛"，多多守望才好。

我庆幸生活在"此花开尽仍有花"的时代，无须"既滋兰之九畹兮，又树蕙之百亩"。有花农的精心培植，有快递的使命必达，一年四季都有切花供应，时常买些回来，可以日日与"精灵"聚会，轻轻抹去季节变换带来的惆怅，饱览生命的永恒之美。

"盛开的玫瑰是给业余爱好者观赏用的，而园丁的快乐则是另一种更深层次的、类似于接生的快乐。"我不知道有多少人和我一样，被《一个园丁的一年》中的这段话打动。与切花对话，就上升了一个境界，心中无欲，满目芬芳。选择在花间清修，必然怀有一颗淡然之心。不见他们为谁的花香久远而彼此争执，为谁先凋零而惆怅失怀。

前些天，妻子不知从哪里淘来一种叫作"花养花"的玫瑰花茶。《纲目拾遗》中记载，玫瑰有"行血，理气"的功效，不知古书记载是真是假。但是，泡上一朵，其品相精致、口感香浓，香气沁人心脾却是事实。古人言，君子藏器于身，待时而动。毋庸置疑，貌似普通的玫瑰花，亦是诸如此类的"君子"，怀揣着属于她的独特本领，只有懂她的人，才能对她的秘密了如指掌，并加以运用。"花养花"让我有了新见识，切花除了观赏、愉悦心情之外，还有饮食、滋养调理之功能，可见人对花的探究是无止境的。

当然，要想时刻与大自然的这些馈赠保持亲密，是要花些碎银子的，不过，绝不是"一丛深色花，十户中人赋"的天价。昨天，我又从邻居家的花坊带回各式花，路过小区门岗，保安师傅热情地问道："家里办啥喜事啊？买这些花？"我说："不是啊，喜欢就买了呗！"他满脸惋惜地说道："这钱不白花了嘛！""你喜欢抽烟、喝酒吗？"我说。"喜欢啊，烟酒不分家嘛！"他说。"就当你的烟酒钱啦！"我在谈笑中作答。其实我没说的是：烟伤肺，酒伤肝，花养心。最后者既然如此划得来，我将一点碎银子置换成"花仙子"，何乐而不为呢？

从借书到藏书

《双城记》开头说："那是最美好的时代，那是最糟糕的时代；那是智慧的年头，那是愚昧的年头；那是信仰的时期，那是怀疑的时期；那是光明的季节……"这是一段让人动容的话。回想走过的岁月，我也会对自己的现世发出类似的感慨。生活每一天都在发生着改变，这种变化时而润物无声，时而沧海桑田。

我出生于20世纪70年代的农村，那时候学校收取的学杂费很少，即使对于一个农村家庭来说，供养一两个孩子上学基本也没有什么问题。背起黄书包，穿着黄球鞋，踩着尘土飞扬的小道，步行五里路去"村小"上学，这是当时大部分乡村的一景，也是多年来我内心深处最难忘的回忆。

说苦也苦，说甜也甜。说苦，是每天风里来雨里去的奔波；说甜，是每天都能和心爱的课本为伴。现在想来，昔日的快乐就是脚下有泥、心中有光，每每想起这亦苦亦甜的童年，我都本能地眯起双眼来。朋友说，你眯眼的样子像是皱眉和闪躲，又像憧憬和陶醉。

我的班主任是一位语文老师，据说是从北京进修过回来的，他常在课堂上鼓励同学们多看书，特别是要看课外书。课外书？我第一次听到这个新名词，在我脑海里，除了语文课本，还会有其他书籍值得去阅读吗？确实，在当时的农村，孩子想得到一本课外书并不容易，解决念书和温饱问题才是大人们的首要任务。也许是一种巧合，我无意从一位家庭条件较好的同学那里看到一本崭新的《西游记》，发现竟有比语文书精彩百倍的图书。精致的封面、精美的插图、精彩的故事像魔一般吸引着我。心里想开口跟他借，又担心他会拒绝，内心矛盾着、纠结着，在借与不借中徘徊，在说与不说间摇摆。这种心情，时至今日，仍然记忆犹新。

最终，我还是鼓起勇气跟他开口借书，没想到他倒是很爽快地把书借给了我。第一次借书的经历如此地刻骨铭心。从此，书就与我如影随形，成了人生不可分割的爱。

小学五年级时，我也有了第一本属于自己的课外书——《中国神怪故事大观》。这是父亲从上海给我带回来的生日礼物，这也是我平生第一次拿到这么厚重与精美的书籍。这本由任大霖主编，出自少年儿童出版社的书籍厚达956页，定价为13元，那时父亲的月工资才100块左右。沉甸甸的书，在我的眼里自然与众不同：它有硬质的书壳，有彩色的封套，有烫金的字体，有自然色的纸张，更有精妙绝伦的插图。我捧在手中，爱不释手。已经忘记那天晚上我看了多少页，只记得我是在母亲一遍遍的催促下，才极不情愿地入睡的。枕着这本书入眠，我做了一个奇怪的梦，梦见自己被困在一个大大的书屋里，墙上嵌满了各种书籍。

我时常想，如果一个人对待书籍能够在精神上和行动上保持一致，那应该就是真爱了，爱得越深沉，关怀力就越大。回顾自己的求学经历，书依然与我同行。上高中之后，母亲每月都会给我固定的零花钱，虽然不多，但聚沙成塔，我将这部分钱攒起来，用于去新华书店逛上几回，慢慢地，家里书架上的书充盈了起来，我用这些历史、文学、小说类的书籍填满了自己的空间。这样的习惯从未改变，几十年如一日，家中书香气息渐浓，书房也名副其实起来，成了我的精神家园。

最好的书，最好的书房，最好的阅读方式，最好的藏书者……这是一个由"最好的"缔结的链条。在形式上，这是一种联姻式的高度依赖和共栖关系，而在精神上，这又何尝不是一种知音式的彼此惜怜和偎依取暖呢？

如果说怀念过去借书的日子是一种情怀，那么今天藏书的习惯就是对这种情怀的延续，只是这种情怀仿佛在一瞬间有了升华。用修行的方式对待自己的爱好，感受简易中的精致、清素下的高贵，这是大部人有机会采摘到的人生，而命运也很少辜负这种虔诚的选择，尤其是在精神回报上。就我而言，从借书到藏书，我追求到了一种内容和气质相近的生活：专注、执着、身心并赴、内心充满安宁和纯粹的喜悦……

花儿与少年

　　不知在什么时候，城市也被划成了三六九等。一线有一线的大气，二线有二线的活力，三线有三线的精致，虽然规模不同，但建筑风格和布局大致相似，很多城市都有文昌街、及第路、状元巷。夜幕降临，大小城市街头的霓虹灯开始闪烁，巧的是，它们的节奏似乎也是一致的。

　　我经常去不同的城市，公园是我必去的打卡地。在这里可以感受一个城市的温度，它聚集了各类人群，可以窥见这座城市的人文和风情，这里有老人，有儿童，还有中年人。然而，细致观察一番，不知是巧合还是必然，每座城市的公园里都好像缺少了一个群体——学龄后的孩子们。

　　在我们的心目中，孩子是家庭的希望、祖国的花朵，公园应是百花齐放、万紫千红的世界，可是偌大的公园，虽有鸟语花香，却少有花朵绽放。

　　本该属于他们的游乐场突然寥落、落寞。从前的夜晚，总有孩子们嬉戏的身影，他们或骑单车追逐，或者在滑板上展示自学的技艺。如今，这样的画面少之又少。他们似乎在遵照某种神秘的指示：昼行夜伏，消失在朝阳升起之前，又在深夜，随风潜入家中。即使是在寒暑假，他们也销声匿迹，不能像花儿一样，可以迎着阳光雨露，尽情地舒展着小胳膊小腿，遇见生活的美好。他们在黑暗中蛰伏，经年累月，秉着"万般皆下品，唯有读书高"的暗示，希冀成为未来世界的主人。

　　最是活泼灵动的少年，却以求知的借口，终日守在逼仄的教室中；最是阳光灿烂的青春，却以将来的名义，淹没在无边的题海里。数不清的试卷，等着他们作答；写不完的作业，等着他们完成。他们拼力追逐，等待"鱼跃龙门"的那一刻。

　　我记得自己读中学的那段岁月，周六下午可以约上好友去逛逛街，买几本杂志、书籍，或几盘喜欢的磁带，坐在阳台上，打开收音机，听一听主持人推荐的主打歌，甚至可以去公园泛舟，那湖中的倒影今天想来，依然是青春的模样。如今的孩了 定也有生命中最初的美好，成年后回忆起来，不知能有多少慰藉和甜蜜。毕竟，"刷题"的日子是年年岁岁人相似，岁岁年年题不同。他们为了未来，错过了一段春光，错过了一些自由奔跑的岁月。

好像没有人对这样的现象提出质疑，人们有理由相信，这才是孩子们最应该有的样子，书不离手，卷不释手，每时每刻都是努力的样子，这样的模式甚至是出自教育研究高手之手，百试不爽。

书山题海固然是一种熏陶，却也是一种笼罩。这些培养器皿中成长的少年，正在失去理解现实的能力，学业成绩成为其评判的唯一标准。他们本该用初谙人世的眼睛和心灵来感知身边世界真实的样子，那些自然的草长莺飞，市井的蒜皮鸡毛，世间的人情冷暖。我曾经问我的孩子，你知道现在马路上的路灯几时开、几时灭吗？她很是好奇，路灯不是一直开着吗？是的，她的答案没错，清晨不到六点就出门，路灯亮着；夜晚十点才回家，路灯依然亮着。这不能说是孩子观察不够敏锐，而是在他们的眼里，这就是路灯的样子。

朋友家的孩子研究生毕业，考上了公务员，可是半年后，朋友发愁了。原来这孩子只会考试和做题，在单位不懂人情世故，工作模式也是程序式的。究其原因，也是这孩子从少年时代起，大部分时间，两耳不闻窗外事，与书为伴。朋友过去认为，只要孩子好好读书，能考上好大学，好的岗位肯定如探囊取物，工作必定得心应手。可是，在少年时就该懂的道理和常识，在他拿到研究生学位时依然未知。这一课该怎么补？

央视曾经播放过一部叫《未来学校——创新教育》的纪录片，里面有一位叫作塞利娜·阿尔瓦雷斯的教师就坦言："我们现在的教育阻止了孩子正常的生活，我们让他们待在像监狱一样的学校里，学校到处都是灰色，唯一鲜艳的颜色就是国旗的颜色，而老师却要在缺乏生命力的环境中，培养孩子的智力。"每个家长都知道自己的孩子与众不同，我们应该考虑到每个孩子的特质和潜质，而不是将他们塑造成千篇一律的样子。

亦舒说，好家庭的孩子多数天真得离谱。这话虽然偏激一些，但也不无道理。禁锢在书斋中的少年，一举一动，符合中国传统教育的模式，缺少自由奔放的意志和原始坚韧的生命力。长期的做题和考试，让一些优秀的孩子宁可在前人蹚过的路上走到黑，也不能接受任何偏离大路可能带来的风险。

前些天，看到一段令人哑然的视频，某知名高校毕业生遭遇电信诈骗，短短4个小时被骗92万元。有网友说："学历高的人单纯，所有的精力都用来学习，没有时间来观察这个纷繁的世界。"网友的话看似调侃，却有些道理。那些日夜淹没在书海、题海的孩子，失去了感知世界的自由与能力，失去了辨别现实的真伪与情商。这些孩子习惯把一切当作考题，而他们面对社会、面对未来，从来没有自己的答案，只有循规守道的生搬硬套。这些孩子只有出生地，当他们被隔绝着追逐着所谓的梦想时，就已失去了家乡，连少年时期的回忆都乏善可陈。他们没能探知这块叫作"家乡"的土地，它的春夏秋冬，它的喜怒哀乐，它的东南西北与少年隔着万水千山。他们在城市昏暗的街道快速成长，连阳光和草木都来不及驻足和凝视。

人们把人生定义为赛道，少年们只能学习奔跑，遵守规则，尽力向前。然而，走好人生之路，不光要有知识，还要有智慧。就像《红楼梦》里的故事，李纨一直很用心地帮贾兰攒银子，以备将来不时之需；娄氏很用心地帮贾菌拓人脉、提情商。前者授子以鱼，后者授子以渔，这是两种境界，教育出来的孩子必然呈现两种不同的温度。

人间最暖是春意

"覆阑纤弱绿条长，带雪冲寒折嫩黄。迎得春来非自足，百花千卉共芬芳。"植物对季节的感知总是灵敏于我们，暖意随春来，燕归来、绿归来，人间最暖的时节，在春风中苏醒过来。

二月的风是希望的风，是吹绿生命的风。和煦的春风好似母亲温柔的手掌，被她轻抚之后，便有了春意盎然的桃红柳绿，便有了姹紫嫣红的满园春色。春风是多样的，白天一个样，夜晚一番景。白天的春风和煦温暖，洒在人身上，让人心生迷离，不失慵懒。到了晚上，又是浪漫的，让人心生沉醉，不失迷茫。春风又是忙碌的，就像南宋诗人方岳在《春思》中写道：春风多可太忙生，长共花边柳外行。与燕作泥蜂酿蜜，才吹小雨又须晴。春风又像大地母亲的双手，不断地揉搓阳光，照拂万物，给其希望和滋养。这双手，让世间开启光芒万丈的温暖。

面对春风，不同的人因境遇不同，而产生不同的情愫。"人面不知何处去，桃花依旧笑春风"中的春风，即使温煦明媚，也驱不散物是人非的酸涩与悲凉；"羌笛何须怨杨柳，春风不度玉门关"中的春风尽管不能吹过玉门关，但戍边将士心中没有哀怨愁苦，有的只是宽广与豁达；"野火烧不尽，春风吹又生"中的春风，则是表达了浴火之后的重生，给人以无尽的希望和力量。

说到春，就不得不说水。江南是水做的，"春来江水绿如蓝"，水总是在第一时间成为春的使者。它经历了一冬的沉默，在柔媚的外表下，呈现出冷静的底色，以波澜不惊的矜持，在寒风中守望春的消息。

春风一吹，蛰伏在山河中的生灵也撒起欢来，或江水，或湖水，碧波荡漾，绿水长堤，在如金的春阳里，似一痕新绿，在春风中轻轻摇曳。

在苏堤，或白堤，我慢慢地走近那一池春水，注视着那些浅影，白云更白，蓝天更蓝，波纹浅浅，绿意淡淡。春水并不在意我的靠近，只是看了我一眼，便将我的影子纳入其中，自然而然，我也成了一池春水的主人。春水的绿，是真诚的，也是多情的，水中的碎影，是春风剪出的拼贴画，是从春天的窗口吹落的绿窗花，也是风雨中飘零的花与叶。它们随春而来，落入水中，深一片浅一片，绿得纷纷扰扰，也绿得安安静静。

竹外桃花，春江水暖。除了植物，鸭子也是春天的先觉者，它们最先试探着跳进池塘，一只，两只……世上的万物众生都是平等的，同样的土地，同样的天空，同样的环境，只不过是不同的物种而已。人有人言，花有花语，鸟有鸟声，只是不同的语言体系，相互不通。此时，鸭子感知到了春水的温暖，于是，呼朋引伴，闯进春水的静影里，打破了一池春光。

人们行走在春意盎然的广阔天地里，沐浴春风，共享阳光，身心在乍暖还寒中舒展，其中滋味，妙不可言。这温暖，不再是年复一年的邂逅，而是天荒地老的相伴。

君子有邻

前几日，一位文友送了我一方印章。这印颇有些来历，是由西泠文房推出的"吉语印"，名曰"陶然自得"。它的造型取自赵之谦的《寿桃》，印纽为单桃带叶型，桃身光润，线条饱满，仿佛汁水充盈，吹弹可破。

我对印章情有独钟，古往今来，无数文人雅客将自己的抱负志向、品格趣味、思念愿望凝结在这小小的一方印章之内，或贴身陪伴行走于庙堂之上、山水之间，或作为雅玩清供陪伴书房案卷之旁。一方印章，是自我文化修养与高雅意趣的彰显，也是对美好生活、精彩人生的祝愿。

因为这方印章，我认识了西泠印社，这个刻满中华文化符号的文人社团。杭州城的中央是一湖碧水，湖水之畔的孤山写满了唐诗宋词与人间烟火。千百年间，无数先行者在此留下自己叩问天地、寻道山水的痕迹。1904 年，四位杭州城的青年才俊在孤山南麓创建了西泠印社。

琴棋书画、金石篆刻，能安顿人心，这虽看似冷寂偏门，却也独一无二：一方印章，一件拓片，掩映着"天下第一名社"的立身之本。江南富家子弟葛昌楹得到社长吴昌硕的刻印"西泠印社中人"，后来这六个字成为印社社员的通关文牒；社员张大千与方介堪在动荡时局里几十年的友谊，成就了"张画方印"的佳话……后辈离不开前辈的照拂，书画离不开印章的陪伴。在金石的方寸世界里，一代代社员立足于西泠印社所代表的江南文人士大夫的实体阵营，始终坚守对金石篆刻的传承与守望，以及制作的道法与技艺。当我们凝视西泠印社时，我们愈发清醒，愈发珍惜先贤们传承下来的文化精神。

文化可唤醒灵魂，像旷野的风吹进心间，奏响柔软轻盈的乐章；也像眉间的雪融入眼眸，点亮温润纯净的山色。硝烟四起的动荡岁月，山河破碎，哀鸿遍野，但仁人志士们依然在深渊中寻找光明，传承文化。那是傲骨的气节，也是毕生的热爱。西泠印社就像一位饱经岁月沧桑的老人，在其一百多年发展的历程中，曾历经种种危机甚至劫难，但是无论面临怎样的困境和危境，印社同仁们始终齐心协力，用他们的生存智慧一次又一次地化险为夷，在弘扬国粹的道路上不懈地坚守前行。夜暗方显万颗星，灯明始见一缕尘。因为血脉熔铸的担当精神，成就了方寸印章的广阔天地。

19世纪末，甲午战争与戊戌变法相继失败，生死存亡的时刻，甲骨文的发现让一个民族看到了自己未知的辉煌。孤山上的四位年轻人——丁辅之、王福庵、叶为铭、吴石潜将目光投向了中国文字的源头，他们在金石铭文和甲骨间探索中华文化最核心的密码，从而开启了一条与众不同的救国道路，打捞出"义""士""侠""禅""隐"的中国士大夫精神，终让书法篆刻和金石印学成为中国人文话语体系中绕不过去的分支，在润物无声间增强了全民族的文化自信。

从布衣四君子初创印社，到发扬光大，再到战乱时的艰苦求生、和平时期的求索与传承，西泠印社走过了一条坎坷风雨路。可以说，印社主张的不单是探讨篆刻技艺、珍藏名家印石，它关注的更是文化赓续、君子之道以及担当精神。苦难的岁月里，社员们斗智斗勇保护印社的房产与金石印章；时代浪潮中，社员们舍生忘死保护与传承书法篆刻，他们不是时局的逃避者，而是另一种方式上的振臂高呼，另一种行为上的厥功至伟。

纪录片《西泠印社》对"何为西泠印中人"做出了这样的解答："雅集天下，问道金石，以心印心，复兴文化，就是印社中人。"的确，西泠印社以金石为载体，凝聚了一批又一批文人志士，为我们留下了宝贵的物质与精神财富。从甲骨文刻画符号到篆刻印石，每一刀、每一笔，正是源远流长、历久弥新的中华文化。

如今，成为"人类非物质文化遗产代表作"传承代表组织的西泠印社依然屹立于西湖之畔，牢牢占据着中国乃至全世界金石篆刻艺术巅峰地位。近现代书画史上那些熠熠生辉的名字或谱写在印社的故事里，或与之有着千丝万缕的关系。孤山已成为一座海内外仰止的金石圣山，西泠印社中人，则承担起了更多新的文化使命。

孤山不孤，君子有邻。

人生何处是归隐

中国自古就有一种隐逸文化，它由文人内心的隐逸情结所造就。说到"归隐"这个词，很多人自然会联想到陶渊明。千百年来，陶诗让多少文人心生隐逸之情，他们悠闲处世，淡泊存身，充满了挣脱名利羁绊后新生的喜悦和对生命自由的热爱，展现了独特的人格精神。

何为隐逸？好像有各种解释，南朝宋范晔在《后汉书·逸民列传》序中说：隐逸者"或隐居以求其志，或回避以全其道，或静己以镇其躁，或去危以图其安，或垢俗以动其概，或疵物以激其清"。他把隐士归纳为六种类型。学者陈传席在《隐士和隐士文化问题》一书中，又将隐士分为十种：真隐、全隐；先官后隐；半官半隐；忽官忽隐；隐于朝；假隐；名隐实官；以隐求高官；不得已而隐；先真隐，有机会就出山，没机会继续真隐。以上种种所谓"归隐"，是否已将隐士的状态说尽？我觉得也不尽然。

先来说说陶渊明，他的《桃花源记》给了我们最原始的定位：沿岸边的桃花林走下去，很快就能看到一座山。山上有个小洞口，武陵渔人好奇钻进去，走过狭长黑暗的山洞，眼前豁然开朗……这个故事后世解读有许多，大致是对世外的向往和对桃源的追求。的确，陶渊明生活的东晋末年，说混乱也好，说动荡也罢，他"不为五斗米折腰"，归隐田园。那样的时代，出现了无数陶渊明式的风骨隐士，他们寄情于青山绿水、诗词歌赋、琴棋书画，读之写之，思之想之，或著书立说以醒世，或积蓄东山再起之力道。

《桃花源记》告诉我们，他不是天然喜欢恬淡安逸，而是心中有大不平，想寄托自己一生未达成的理想和希望。思想固然很深，但这篇文章，即使不读那么深，单看其中景色也很好。叶嘉莹也说，在中国所有的作家之中，如果以真淳而论，自当推陶渊明为第一。元好问也赞美陶诗"一语天然万古新，豪华落尽见真淳"。在那个内忧和外患并存的年代里，他每次步入仕途，总感到与官场格格不入。明争暗斗的政客使他那颗用世之心寒透了，他深感自己"性刚才拙，与物多忤""质性自然，非矫厉所得"。"人生归有道，衣食固其端。"若是告别官场，脱离仕途，一家老小的衣食又将从何而来？

人生可由两种途径来实现自身价值，一种是向外的追求，不仅自己要飞起来，还要教会别人飞起来；另一种是向内的追求，自知无力带动别人飞起来，只好保持自己的飞行高度。陶渊明正是向外追求而不得，经过"夜夜声转悲"的长时间踟蹰，才转而"依依""思清远"的。他对"清远"的向往和向内的追求，其实是软弱的，看似坚强，却力量有限。世间知己少，陶渊明只好到古代圣贤中去寻找理解和慰藉："何以慰吾怀，赖古多此贤。"果然，他在伯夷、庄周身上获得了力量的源泉，发现了生命的去处，寻到了精神上的止泊。于是他"因值孤生松，敛翮遥来归"，经过几次向外的努力，确感自己无力兼善天下，与其"日月掷人去，有志不获骋"，不如"量力守故辙""庶以善自名"。所以当他选中了这棵"孤生松"后，便"敛翮遥来归"。"岁寒，然后知松柏之后凋也"，"松"比喻的是任凭霜打雪压而依然本色常青的坚贞品节，是真淳质朴、无欺无诈的躬耕生活。这样的求生方式，与陶渊明天性禀赋完全吻合，因此，他毅然收敛起那份兼善天下而不得的情怀，一头扑进了躬耕生活中。

还有人说，人生无非两种境地：如江河洋洋归于大海，海上生明月，静而阔，浩渺一片。又或者缘溪而行，上到深山白云间，山色空蒙中。人生往往在乐山与乐水之间徘徊，或者乐山，或者乐水。茫茫宇宙中，人类常常盲目地追求一些莫名其妙的东西，他们之中也许有人永远找不到精神上的立脚点，一生奔波，只为了"倾身营一饱"，可就算劳碌一生，有了锦衣玉食，难道生命的意义和价值就实现了吗？陶渊明在其所选择的躬耕生活中感受和领悟到了人生的境界，才会与山水相伴，才会如此恬淡、静穆，才会如此自然自得、陶然自乐！

孔子曾说："道不行，乘桴浮于海。"古代交通不发达，把一根大木头中间挖空，就成了"桴"。当时，江南一带有木筏、竹筏，在北方多半用桴。孔子感叹说，万一自己在中国无法传道，无所作为，那只好乘一叶独木舟，到海外野蛮之地归隐，默默无闻以终此生。由此判断，中国文人的归隐之志，从孔子时代就已形成。在孔子的原始儒学里，早就为士君子二元结构的精神世界留有充分空间，明显包含有"避世"的一方天地。孔子强调经世济民的"入世"，但有个条件，叫作"邦有道则仕，邦无道则可卷而怀之"。孟子也说："古之人得志，泽加于民；不得志，修身见于世。穷则独善其身，达则兼善天下。"

在传统中国有多少著名的隐逸者呢？没有人做过统计，即使有心人统计，也很难统计完整。吴瑛、尹淳、陈瑾，还有王维、柳宗元、李泌、范仲淹……这一庞大的隐逸群体，以自己的德行和卓有成效的文化活动闻名于乡里，做出无愧于时代、彪炳于史册的文化贡献。隐士们或"真隐"或"被隐"，他们都得到了孔子"饭疏食饮水，曲肱而枕之，乐在其中矣"的真传。

今天，我们再来探究隐士之道，想学到他们的人性底蕴、个性定力和精神操守是不易的。唯有透过隐士高人们的人生轨迹，在独处中，怀"渔父情结"，在短暂时日里平心养性，赋诗抒怀，把迷失的自己赶紧找回来。

诗的往事

先说一个发生在我自己身上的真实故事，大概是十二三岁的时候，那年暑假，父亲带着我走进了上海的一家特别的书店——特价书店。那个时候对于一个农村的孩子来说，"特价"是什么意思，我不太明白，也不好意思问，自己就傻傻地从字面意思来理解，大概就是特别的价格吧。

既然"特别"，我的印象就很深刻，那是与平日里的新华书店不同的书店，店里所有的书架都是敞开式的，有点像现在的书城，书可以任意选择、随意翻看，相中了就去柜台交钱。或许是第一次置身于这样的购书环境，或者是藏身于书海的拘谨，抑或是对"特价"二字的敬畏，我匆匆忙忙地选择了一本诗集，书不算厚，两百多页的样子。父亲看了一眼，对我说道："这书挺好，买回家每天背一首啊！"此后，每一个清晨，我都手捧盖有"特价书店"红戳的诗集，一天背一首，两天背两首……现在想来，这大概是我平生第一次接触诗歌，只是这样的亲密接触有点强制，有点压抑。

"强扭的瓜不甜"，那强背的诗呢？在我看来，短暂性的记忆，很难融入心里和骨子里，因为这不是真正的热爱，只是一种熟，只是一种练。你还别不信，我当初背得滚瓜烂熟的现代诗，如今没有一行的记忆，甚至那本特价书的书名是啥，都已"还"给了那家书店。

县城里有我最爱去两个地方，一个是新华书店，一个是邮局门前不大的报摊。那个年代，母亲每月给我的15元零用钱，差不多都消费在此了。在报摊上，我第一次接触到了《辽宁青年》，一本极小极薄的杂志，也正是从这本杂志当中，我读到了极美极爱的现代诗，作者是汪国真。

如果现在让我回答"什么是青春"这个问题，那么汪国真的诗算是我最亲切、最真实的回忆。她像一团遥远的火，红红的，甚至有些灼人。那一段段真挚的话语，替我说出了对这个世界的追求、内心的企求及梦想和远方。现在想来，青春时的我对这个世界充满了好奇、热忱、不知所措和恐惧。正是他的诗篇坚定和延续了我的个性，教化了我对善与恶的基本判断，绚烂了我生命的底色。我喜欢上文艺，就从那时开始的。喜欢文艺初始，多多少少是受到了汪国真的影响——这一点，生于20世纪七八十年代的人，谁没有呢？

汪国真的名诗《热爱生命》，写得很细腻，我相信，很多人都读过，也相信每个人读这首诗都有不同的体会。诗词，不就是聆听自己内心的声音吗？这首诗，给予我们的，绝非仅仅爱情。一首诗，如果只提供给读者一种感受、一种体验，那这首诗算不上好诗。但是，这首诗我只理解了关于爱情的部分。

爱情是什么，汪国真在问，我也在问。两人对视，彼此之间流动着一种"只可意会，不可言传"的气氛。彼此感觉合适，感觉舒服，感觉到醉意降临、物我相忘，这种感觉是爱吗？至少有爱吧。那么，"求之不得，寤寐思服"呢？当然也是。那么，"在天愿作比翼鸟，在地愿为连理枝"呢？当然更是！汪国真这首诗就有类似的表达："我不去想是否能够成功/既然选择了远方/便只顾风雨兼程/我不去想能否赢得爱情/既然钟情于玫瑰/就勇敢地吐露真诚/我不去想身后会不会袭来寒风冷雨/既然目标是地平线/留给世界的只能是背影/我不去想未来是平坦还是泥泞/只要热爱生命/一切/都在意料之中。"

"问世间情为何物，直教人生死相许。"我相信汪国真是这样的人，"花有期，美无限"，我喜欢。

对汪国真的诗总是偏爱，在案头可以随时阅读《汪国真诗文全集》，翻开这些显得陈旧的书籍，当年标注重点的横线依旧，年少无知的我也曾轻狂地在空白处，不知天高地厚地写下几句感悟之言，字迹已褪色，既熟悉又陌生，当时究竟是什么样的心情和心态，已记不大清楚。现在看来，自己当时写下的感慨之言，不免有些幼稚，但读着这白纸上的黑字，依然还能记得有幸接触到这些诗句时，内心的惊心动魄。

随着时间的推移，汪国真的诗，后来很少读了。就像鲁迅当年的杂文和散文一样，读得越来越少。然而，他的作品连同那一段岁月，真的淡忘了吗？只是随着年岁增长和世事变迁，有意无意地藏匿起来，压在心底罢了。直到某一天，惊闻汪先生离世的消息，让我不禁想起早已远去的青春。那天夜里，再次打开《汪国真诗文集》，读着"因为有你同行/我记住了这处不知名的/风景/我爱上这里每一条溪水/和吹拂心灵绿色的风/许多著名的景色/因着岁月的久远都淡忘了/而这普普通通的小径/却常常蜿蜒在闪亮的眼眸中/生命可以苍老/而记忆永远年轻"的诗行，犹如丝弦凄切，歌声悲凉，我的心一点点模糊起来，于无声中落下大滴的泪水。先生诗字句里流露出来的情感热烈，意象饱满，喻义丰富，这诗不仅写了青春和爱情，更写了人生历史和难以抗拒的命运。

"当多情的夜晚/欣然而至的时候/那些恣意跳跃的音符/又在琴弦上飞舞/挥洒着我的思念/挥洒着我的梦想/落花与彩蝶逸飞/心中的高山流水/成了一支不眠曲/然而飞花的飘逸/落英的缤纷/又岂是七弦之音/所能顾忌约束的/我任由我的思想随你而动/月浅夜深了/是你让我在月下/再次吟唱这支相思曲/让我这颗爱你的心/无法逃脱夜夜的相思。"这是我最近写的一首诗，我读给女儿听，女儿在上网课，她漫不经心地说出两个字："肉麻！"便不再搭理我，我有点悻悻然，只得安慰自己，诗好不好不要紧，要紧的是我依然还有那份读诗的热情和写诗的情怀。

凝望着书橱里汪先生的诗文集，我想起了报摊上的《辽宁青年》，想起了上海的那家特价书店。

甜水有毒

据说，吃甜的东西可以让人开心愉悦，比如一枚糖果、一杯甜水、一块巧克力，尝一口乐而忘忧。我不知道这样的"据说"是否有科学依据，但是爱人确实经常在疲惫的时候，请示我能否来一杯甜水，看她累并馋的模样，我只得答应。说来也奇怪，她将一杯甜水一饮而尽，身体一下子就元气满满了。

我跟她说，糖可不是什么好东西，甜水还是少喝为妙。她却说，现在已经是"无糖时代"了。我一时语塞。

我是一个爱较真的人，不信那令人神往、甜得发齁的甜水竟然"无糖"。于是，我引经据典，寻找佐证，试着揭开这骗人的面具。还别说，自有糖以来，资本和良知纷争不停。

从表面上看，如今的饮料界正掀起一场"健康革命"和"无糖风暴"。超市也好，便利店也罢，货架上"无糖"饮料稳站"C 位"。而且，从名字到包装，处处都在暗示——我们是"无糖主义者"。传统可乐、雪碧、红茶的包装都是鲜艳夺目的，而无糖饮料反其道而行，瓶身通体素白，只有寥寥几个字和色彩淡雅的水果图案，设计简洁又清新，好像这瓶饮料来自大自然，不是什么工业合成品。还有一些饮料的名称更是巧妙，还没喝到嘴里，就已让人如同身处绿海，神清气爽。

无糖饮料为何还甜？因为它有很多跟糖相关的奇怪成分，先看看名字：安赛蜜、甜菊糖、赤藓糖。我佩服这些发明者的智慧，化学的东西竟然用上了这么好听的名字。若是我，一定为它们安上恐怖的字眼：敌敌畏、敌死杀、尼丁古。这世上很多害人于无形的东西，往往更具诱惑，"温柔一刀"由此得名。比起普通的糖类，代糖看似更"优秀"：一来甜度高，饮料里放一丁点儿就很甜；二来代糖难以被人体吸收利用，这就意味着吃代糖，人体产生的热量极少，几乎不会引起血糖升高，这也是为什么无糖饮料敢于声称它是"0卡路里"的原因；三来吃代糖不会导致龋齿。这样看来，代糖全是优点。

无糖饮料就这样火了。商家成功营造了一种错觉：饮料没有糖，却有甜味，美味和健康你都能拥有，谁说鱼和熊掌不能兼得？

事实上，代糖吃多了，肠道菌群会失衡。代糖骗过了嘴巴，却骗不过大脑；代糖骗过了大脑，也骗不过肠道，可能出现胰岛素分泌紊乱，诱发肥胖。打个不严谨的比方，这如同一个"狼来了"的故事——本来，摄入糖分后，血糖就会上升。当我们摄入代糖，大脑以为糖来了，马上发出指令，要求分泌胰岛素，试图降低血糖。但结果，吃完代糖，血糖并没有升高，胰岛素白走一趟，如此三番五次的"烽火戏诸侯"，胰岛素便"撂担子不干了"：说好的糖呢？以后再遇到这事，我还要不要来啊？

说到底，人是一个精密的仪器，感官是十分聪明的：当发现有些食物吃起来太甜，会觉得受不了，自然不愿意再吃，客观上限制了糖过量的摄入。但代糖的出现，改变了一切。喝惯了无糖饮料，就渐渐以为那些饮料才是正常甜度，这个过程，就像温水煮青蛙，味觉越来越迟钝。这也不能怪我们自制力不够，我推测，或许这跟大脑的机制有关。原本，大脑以为甜味食物是高能量，可吃代糖后，啥能量都没有，大脑开始迷茫、糊涂了。我们若是冲着健康去选天然代糖，大概喝了一个寂寞吧。

都说时尚是一个轮回，没想到，饮料也是。安全、有毒、安全、有毒……新型代糖的路，糖精都走过。

过去我们喝糖精水，是穷，是甜中带苦，是被逼无奈。20世纪五六十年代，糖是稀缺品，配给供应，家里糖不够了，只能吃糖精。糖精多便宜啊，一毛钱就能买上一包，甜度还是蔗糖的若干倍。各家到井里挑凉水，加上糖精，摇一摇，就是自制的爽口"雪碧"。

"七零后"的青春充满糖精味，糖精水曾一度风靡校园，几乎人手一个小瓶子，一根塑料吸管。课桌上掏个洞，上课时，趁老师不注意偷喝几口糖精水，这事儿我和小伙伴们都干过。

糖精水到底不是真糖，口感差，有后苦，正所谓"甜不甜，嘴知道，苦不苦，心知道"。学校小卖部卖的糖精水，往往还加了香精、甜蜜素、色素来抵消这种假甜感。就跟现在的无糖饮料一样，用新型甜味剂排列组合，再加一堆添加物，就更大限度地达到"真糖饮料"的口感。但说到底，大家心里都清楚，糖精是化学物品，对身体没好处，喝它是生活所迫。

糖精市场，让人焦心。当年国家明确要求严格治理，可是巨额差价之下，谁不动心。业内人士曾算过一笔账：花16元买1公斤糖精，就能顶替市场价为1150元的500公斤蔗糖。这意味着，或许你拒绝得了糖精水，但在其他地方，也可能被投喂糖精。

对生意而言，是否健康不一定，但肯定便宜、划算。

梳理代糖的历史，会发现，不止糖精，许多代糖的安全性都处在动态变化中。许多代糖都躺在食品添加剂目录里，仅仅是因为目前还没有任何理论依据证实它有害。但，现在安全，不代表以后安全。糖精几经反转，是因为它有一百多年历史。而其他代糖的研究，近几十年才开始，谁能保证它就一定安全呢？毕竟，在科学与资本的较量之下，谁掌握话语权，难说！

人们或许以为吃代糖就实现了糖自由，事实上，这更像是给自己戴上了一顶金箍，看着金光闪闪，但不知道哪天会冒出个唐僧，给你念一段紧箍咒。

夏日炎炎，爱人的工作量陡增，在她困倦、疲乏之时，又抛来一个请求：能否来一杯甜水解解馋啊？我没敢贸然答应，也不敢断然拒绝。通过几天来的研究，我发现的真相是，说什么"无糖""代糖"，其实都是商家的生意，"0卡0糖"并不是健康的潮流，而是资本的盛宴。信了，我们就输了。于是我小声且认真地对她说："甜水有毒，对它要保留戒心。"

爱人一声叹息："唉，太难为人了，生活不易，只想吃点甜呀！"

为什么要远行

天涯远行，春天去苏州，夏天去沈阳，秋天去敦煌，冬天去三亚。但是从没有想到问自己一声：为什么要远行？直到遇到了旷古未有的"新冠疫情"，门不得出，腿不得迈，我才意识到远行还真是个问题。

有人写过一本《为什么远行》的书，据说读者反应强烈，可惜我无缘拜读。倒是后来读到的另一本书——《去西藏·声声慢》，有异曲同工之妙。书的作者鲍贝，是一位才女，进藏二十余次，足迹遍布西藏各地。她在书的扉页写道：无数遍的漫游，无数遍的抵达，仿佛只是做了一个梦。在我看来，鲍贝从孤独的圣湖到梦幻般的布达拉宫，从秋色中的纳木错到夕阳下的班公湖，这一路的远行是心路，是朝圣，是修行。

我们渴望得到大多数人的共鸣，读了鲍贝的文章，竟如梦初醒，原来我出门远行，只不过是随心所至，完全没有什么明确的目的，甚至连鲍贝所说的心血来潮都没有。不过转念一想，如果出行总是有着什么目的，总要尽心算计一番，可能会很累。于是，我想起那首老歌《跟着感觉走》，尽管这首歌被人唱俗了，但是她的词依然是心声，细想一下，人生不过是为了寻求一种感觉，远行天涯，找到感觉就好。

我远行的缘由通常很简单，就两个字——看景，在大自然中寻求感觉。当年去苏州，就是奔着拙政园、留园和狮子林去的。据拙政园的主人王心一本人讲，因为绘画，他有"丘山之癖，每遇佳山水处，俯仰徘徊，辄不忍去"，意思是他有爱山之癖好，不惜高薪聘请当时的叠山大师陈似云，耗时三年将诸山峰完成。石峰、山洞、涧溪，再加上精心布置的花卉竹林，形成了"中隐隐于市"的小桃源，别具陶渊明桑麻鸡犬的情趣。

不用说，自从到过苏州园林，便有了"黄山归来不看岳"之感。可惜，苏州园林众多，我只去过一半，沧浪亭、网师园、耦园、环秀山庄和可园都在我的计划中。想一想，以后若有机会到这些园中去看景，与艺术大师默默交流，该是何等美妙的感觉，可能也算得上是故地遇新知了。

远方有青山与烟波，有霁月与清风，有鲸落于海，也有风隐于林。出门远行，除了看景，也看人，所谓世态万相固然是一方面，洞悉人生又何尝不是另一方面。在我的内心，理想之地是敦煌。

说起敦煌，人们自然会联想到美轮美奂的壁画、栩栩如生的塑像，以及"山泉共处，沙水共生"的鸣沙山月牙泉，而除了诗意，还有许多平凡的人。

提到敦煌，就不能不提到樊锦诗。她曾说，1962 年的大西北到处是苍凉的黄沙、无垠的戈壁滩和稀稀疏疏的骆驼刺。在庞大深邃的敦煌面前，我是羞怯的，恍若与初恋相见一般，相处一阵后，才慢慢地、小心翼翼地把敦煌当成意中人。在敦煌，我还遇到一位美丽的舞者苏瑞旋，她生于一个普通家庭，但父母在能力范围内给了她最好的教育，也是这些积累让她得以在二十岁出头就成为西北师范大学敦煌学院舞蹈系主任，她在通往艺术的道路上经历着悲欢离合。心之所向，素履以往，面对陌生人，她说得最动情的是舞蹈和梦想。有些女子美若天仙，却毫无魅力，也不性感，独具一副漂亮的面孔，一开口，便知其浅薄，索然无味。有的女子看上去可能相貌平平，但一接触，却发现她魅力无穷。这魅力该有两种，樊锦诗和苏瑞旋都具备，一种是天性使然，另一种兼具细腻和温柔，让人怜爱。

看景、识人与读书，其实是一回事。不管到哪个城市，我都喜欢逛书店。有一次，我在上海南京路上的一家书店买到一本摄影画册，名为《昨天的中国》。这本画册是一个跨越时空的产物，它最早的一幅照片拍摄于1985 年，最近的一幅照片是 1998 年的，从照片中的人物和景物来看，也是不断地追逐着远方。摄影师阅尽了人间世态，转而以这样的方式告诉读者，远方有时候也是过去式。

看人，是没有止境的，就像看风景，山外总是有山。据说，这世上有五十处最具魅力的人文和自然景观，是人一生最应该去看的。九寨沟是这五十处自然景观之一。它四季景致各异，春花草，夏流瀑，秋红叶，冬白雪。它的水，既有豪情，也有柔美，"溯洄从之，道阻且长，溯游从之，宛在水中央……"今生莫名地喜欢水，在这纤尘不染的水中央，慢慢地走，缓缓地行，心中更漾起无尽的涟漪。

欣赏高山流水，是一种让人着意追寻的感觉，正是为了这感觉，远行者可以逆流而上。为了这高山流水，我可以勇敢前行，此刻，用心去看身旁的风景，去探索风景的迷人之处。有一个声音轻声地问：你为什么远行，为什么来沈阳，是为了这风景吗？

我该回答很多，却自言自语地反问了一句：为何还不远行？

我爱蝉声一片

我调整到了一个新的部门工作，每天受理各种家长里短的诉求，有的合情合理，有的却令人啼笑皆非。某小区业主投诉：一到晚上，小区树上的蝉声此起彼伏，打扰了他的清梦，要求相关部门予以处理。对于这样的投诉，我们只能转交给物业管理部门。两天后，反馈回来的处理结果是物业公司派保安去树上捉了几只蝉，蝉没有了，业主清静了。

"蝉噪林逾静，鸟鸣山更幽"，曾是古诗里一种令人向往且怡然自处的意境，现在却成了被人投诉的噪声，这是我从没有想过的。是现在的蝉声大了吗？还是我们的心态出了偏差？古人讲究"天人合一"和"道法自然"，其中一层意思就是我们要与自然和谐共生，不要试图去改变大自然的规律。

可是，安静从来就不是大自然的特质，真正的大自然往往是热闹的。人们临水而居，水终年流淌，或叮叮咚咚，或奔腾咆哮；人们择山而隐，山风呼来，树欲静而风不止，松涛之声往往似雷霆万钧，这些都是大自然的本真，是最原始的生态。一个生活在自然中的人，倘若阵阵蝉声都让他烦躁，那么只能说明他与自然有了隔阂，已经很难融入原始的境界了。

的确，城市把人们与自然硬生生地切割开，在小区里，有隔音隔热的洋房，地上铺的是人造瓷砖（据说天然大理石有辐射，瓷砖就成了热门货），树木和草皮只在非常有限的区域生长。如果说当初开发商在图纸上描绘的绿植是自然风景，那么现实中小区的绿化则成了微缩盆景。城市鲜有绿化，自然也鲜有小动物，偶尔碰到的无非是一些被冠以"流浪"之名的小猫、小狗。最终，人们听到的都是人与机械的声音。夜晚，钢筋混凝土的房屋不会发出声响，钢筋混凝土的围墙也不会发出动静，于是人们被寂静所包围，以为"无声"才是自然，也是最宜居的。

久居上海的亲戚来茅山旅游，我特意邀请他们入住了一家自然景致极佳的酒店，希望他们感受一下山林的意境。谁知，不到两天他就打道回府了。他说，茅山的月亮太亮了，风声太大了，洁白的月光透过玻璃窗，让他不知是白天还是夜晚，宾馆外面呼啸的风声似千军万马在奔腾，闹得实在睡不着觉。我不觉眉头一皱，茅山我住过，上海我也去过，难道茅山的风声能盖过上海大小车辆的轰鸣，茅山山顶的月色能亮过黄浦江畔的万丈霓虹？

有朋友告诉我，他家就在小区的假山旁，人造小溪流水潺潺，声音单调而乏味，跟物业一再交涉，要求夜晚关掉设备，停住流水。

还有一位南京的朋友来乡间旅游，住在一个空气清新、环境雅致的茶园里，却因忍受不了知了的鸣叫，临时要回城里住。

其实，我跟他们一样，进城三十年，也是一个被城市"戕害"已久，且已经丧失判断"什么是真正的自然"的人。平时，我们总是吵着嚷着回归自然，但是真正进了自然，却格格不入起来。而那些人工建造出来的，与自然背道而驰的城市，变成了自己的最爱。我们宁愿住在用钢筋混凝土建造的房子里，关上双层玻璃，也要舍弃户外的虫鸣蝉音，换一个好睡眠。

但是我的童年、少年却不是这样的，老家的小屋前有一条小溪，终年流水不断，声音欢快悦人；屋后有几行松树，一阵风来，可以听松涛阵阵；满山遍野有虫儿鸣唱，即使是三九严寒，积雪覆盖，也有兔儿无所畏惧地从容撒欢。这不是我一个人的世界，是自然的家园。在这样的家园里，我不知失眠为何物。

现在，我也会为夏日里一阵阵的蝉声所扰，也会心烦意乱，在辗转反侧之时，我愕然发现，正是阵阵蝉声唤醒了我的童年记忆。我们被这座钢筋混凝土所造的建筑围得太牢、太深，以至于听不得半点蝉声、受不得自然之音。今晚，我决定去山里走一走，学一学王维"倚杖柴门外"的样子，找一找"临风听暮蝉"的感觉，或许那里有一只蝉在等我。

我心中的爱情

电影《霸王别姬》里，戏痴袁四爷曾对程蝶衣说："一笑万古春，一啼万古愁，此境非你莫属，此貌非你莫有。"袁四爷不是什么好人，可是这话却让我铭心到一听难忘。非一个张国荣演不活程蝶衣，非一个程蝶衣演不活虞姬。世间万事的最美，可不就是一句"非你莫属"，莫名其妙又甘之如饴。这种心动的瞬间是忘怀，忘怀天地，忘怀自己，只有感动存在。

爱情是美好的，一切美好源自两个人的相识。茫茫人海，据说一个人一生中要与两千多万人擦肩而过，而在自己生命中轻舞飞扬的是千万分之一的缘分。宝玉"这个妹妹我曾见过"式的感叹，诠释着似曾相识的美好；张生"只叫人眼花缭乱口难言，魂灵儿飞在半天"式的哑然，诠释着一见钟情的悸动；霍小玉"听说是十郎到喜在眉间，却怎奈男和女不便相见"式的压抑，诠释着倾慕已久的惊喜。月老的红线，伴着他们心灵的碰撞，将"对的人"拴在一起，时间在相遇的瞬间定格，瞬间终成永恒，诉说流年里的酸甜苦辣。

假如时光可以倒退，我们可以看见两千年前，孟姜女泪水的坚贞；一千年前，盛唐雄风造就红拂夜奔的激情，明皇贵妃的雍容；五百年前，净是人性化的聊斋和魔幻般的三言二拍俗世情；一百年前，徐志摩写下最柔美的诗；五十年前，小二黑和小芹演绎啼笑皆非的时代剧；三十年前，村里有个姑娘叫小芳，爱得淳朴而忧伤；十年前，万物同春，爱情是春天里的一粒种……

而现在呢？悲观者说，爱情失去了丰富性和想象力；乐观者说，爱情正变得简约而简单；中立者说，爱情也在进化着，古时的爱情是"宽衣解带两痴情"，进化后的爱情则是快速地抹掉了"两痴情"。爱情的美丽主要产生于想象，产生于近在咫尺和远在天边之间，产生于渴求与不得之间。哪个男人的心头，不幻想着拿着皮鞭的牧羊女？即使鞭挞，也很是欣然。这种美感让我们如痴如醉地追求，而这种美感在生活中绝对是可遇不可求，颇似百丈瀑布飞天落地时的迸裂之感，给我们以平凡生活中绝对没有的震撼。

爱情是灵魂的事情。于内心世界不同的人来说，相同的经历具有完全不同的意义。人生的幸福无模式，有感受爱情的能力，才能收获幸福，才能获得快乐，就像鼻子，一旦失去嗅觉功能，再芬芳的花朵也失去了意义。

窈窕淑女一般是不太敢说"妾拟将身嫁与，一生休。纵被无情弃，不能羞"的，往往是"寤寐思服，辗转反侧"，徒叹奈何。除了祈愿父母的恩典和红娘的慧眼，还能做什么呢？西湖边总也不见一把油伞，家里没有一个叫作小青的丫鬟，后花园的小门都关得很紧，正经的绣球在往错的方向飞。只有趁他出现的时候，"倚门回首，却把青梅嗅"，或者"最是那一低头的温柔"，把秘密都藏在如泓秋波里。这是中国式的浪漫。

让我来设想一次爱情吧：

前世的我，是江南的一介书生，在一个叫作瓜洲的渡口，在雕花的木窗下，吃着莼菜和鲈鱼，喝着碧螺春与糯米酒，写出使洛阳纸贵的诗，在棋盘上谈论人生，用一把轻摇的丝绸扇子送走恩怨情仇；又或者手撑船竿，守一家布店，摊开所有鲜艳的花布，等你把它们做成绝世的裙裾；更或在临河的屋檐下，开一家玉器店，穿丝绸长衫，着圆口布鞋，拿顾景舟的紫砂，静静地等你温润的那一回眸……

我如此顺利地用场景和物体构筑了一次爱情，有缘或者无缘，也许是一个无解的话题。文艺理论家说，太阳底下只有三十六种基本故事，前人都已写尽了，剩下的一切文学都是重复。我不信，王菲说"我愿意为你，被放逐天际"，张信哲说"我为你翻山越岭"，刘德华说"离开你，寻找你"，黎明说"走遍天涯海角，找到身边的爱情"……实际上，那些天际，那些山岭，那些天涯海角，都不及席慕蓉的那句"我曾踏月而来，只因你在山中"，这不是重复，而是超越。爱是生命个体出生后，寻找、交缠、蜕变、忏思的故事，正是"但终我俩多少物换星移的韶华，却总不能将它忘记"。这是人世生活的事实，不能拂逆。

终于有一天，我自己也会成为苍茫而悠远的故事，还有余勇从枯干的唇间吐出温暖的字节。在人世面前，我只想做一个美的信徒，从不吝啬去坦诚对世间的爱意。感情从没有不合时宜之说，风来帘动，檐铃声脆，这世间最微小的场景总藏掩着种种玄机，被印存在书卷里的深情仿佛隆冬里的一场蛰伏，候着春归。

她是一幅经年乃成的绣品，任月缺共残，尘染烟没，终不曾改易素心，依然为你萦萦绕绕，依然为你缕缕丝丝。我知道，这就是爱情的模样。

洋葱的距离

　　人是很奇怪的，对于食物的喜好有一种天性，酸甜苦辣咸，每个人的味蕾感知不同，对其喜爱的程度也有高有低。

　　小时候，我对香蕉是爱至极点的，生于 20 世纪 70 年代末的我，长于物质并不丰富的农村，香蕉是可想而不可及的。然而在安徽马鞍山当兵的叔叔每次回来探亲时，总会带上几串香蕉，这对于对水果的概念只限于苹果、橘子的我来说，无异于"蟠桃圣会"之物，除了稀罕还是稀罕。可是香蕉是不易保存的，过不了几日，原本金黄的外表就会染上黑点，再过几日尤甚。按照现代人的健康观念，这样的香蕉是不能再吃的，或许是大人和小孩都没有食物的禁忌，也或许是对香蕉太过挚爱，这样有瑕疵的香蕉吃起来依然香甜可口，我甚至还给它起了一个特别形象的名字——烂茄子。

　　有偏爱之食，就有厌恶之物，洋葱就是其一。我不知道从什么时候开始，对洋葱厌恶到了极点，那是一次切洋葱的经历，刺激的葱味辣了我的眼睛，久久未能缓解。从此，我对洋葱充满了敌意，任何食物与洋葱为伴，在我这的唯一下场，只能是被弃如敝屣。

　　为此，母亲做饭时不得不特别小心，炒完洋葱的锅总要细洗一遍。母亲没有怨言，她能理解我对某种食物有多喜爱，对某种食物就有多嫌弃。

　　日子就这样日复一日，很平静。一次体检后，医生说我的血脂偏高，因为怕吃药的缘故，我问其有什么食疗方法，他回答："洋葱是好东西，可以多吃。"

　　我听从了医生的建议，开始频繁地吃起了洋葱。后来才知道，洋葱的食疗效果颇佳，它含有一些纤维素，可提高血液的高纤溶活性，从而净化血液，降低血压和血脂。食用了一段时间后，我的血脂降到了正常的标准值，再后来，我成了洋葱的"铁杆粉丝"，几乎是无洋葱不生活。吃饭少不了洋葱，甚至喝水也少不了它，切几片洋葱置于杯中，从杯中散发出浓浓的洋葱气息。若是在过去，这简直就是要我命的节奏，如今却成了我执着于心的养生宝典。

对于洋葱，从厌恶到喜欢，也正是我们对很多事物看法的真实写照。小时候，一次小小的刺激，弄疼了双眼，只知道洋葱刺鼻的味道令人不敢靠近，却不知它身上还有那么多重要的价值，是我们身体健康的必需品。只有尝试后，才知道这世间的美好，不只是香甜的吸引，还有那些初识不知真面目的食物，竟藏着如此健康的一面，需要我们用心剥开，细细体会，才能看到它的功效胜过香甜之物百倍千倍。

洋葱，就这样被赋予了养生的意义，令我无法割舍。说实话，这些年我与洋葱的距离，不是那刺鼻的味道辣了我的眼睛产生的，而是被与生俱来追求甜美的天性遮住了双眸产生的。现在想来，洋葱作伴的生活远比那些诱人的酒肉来得踏实可靠。

斜倚熏笼坐到明

　　要说品香，《红楼梦》中的大观园可以说是名副其实的众"香"国：书房、闺房、厅堂、寺院皆有香。熏香、熏衣、宴客、庆典……熏笼、提炉、手炉、鼎炉……书中记载了二十多种香，秦可卿的卧室里洋溢的是一股"甜香"，令宝玉欣然入梦，神游了一回太虚幻境；黛玉的窗前飘出的是一缕"幽香"，使人感到神清气爽；宝钗的袖中散发出的是一丝"冷香"，闻者莫不称奇。书中写了藏香、麝香、梅花香、安魂香、百合香、梦甜香、迷香、檀香、沉香等不同品类的香料，香的形状有香饼、香袋、香珠、香串、香粉、扇坠，居室更有稻香村、藕香榭、梨香院、暖香坞，用香器有香瓶、香枕、香鼎、香炉……它们与自然香源共同构成了大观园的香气空间。

　　熏炉中散发的香气与锦衾上绣的鸳鸯交织着闺中人的梦，这是在漫长冬夜中能让人感受温暖的暗香袭人，更兼具一种令人销魂的神秘况味。暖香，该是带着甜意，有着植物幽淡的香味。古代的中国人，都知道自己及周围环境所散发的气味，并不是一件无足轻重的小事，而是关涉到生活质量好与坏的大事。在这件事上，现代的中国人似乎有不及之处，古时不仅士大夫讲究评香道，小女子也要身上挂着香囊，浴缸中加满香料，入睡前更是浓熏绣被，以香熏室。故古典诗歌会以"炉熏阖不用，镜匣上尘生"来描写思妇孤寂痛苦的生活和心情。

　　到了冬天，不论是身上的衣衫，还是盖的被子，都要让它们散发怡人的香气。因此，富贵人家都必备一种叫作"熏笼"的器具，专门用来为衣服、被褥熏香。熏笼一般都是用竹片编成，形状大致为敞口的竹笼，在南北朝被称为"竹火笼"。南梁第二位皇帝萧正德《咏竹火笼诗》写道："桢干屈曲尽，兰麝氛氲销。欲知怀炭日，正是履冰朝。"把竹子剖成篾条，编织成竹笼。冬天，不仅可以将它扣在炭火炉上防止炭灰飞扬，还可以把它扣在熏炉上，上铺衣物棉袄，熏香衣锦。

被熏笼熏染过的被褥，想来必是深染香氲，闻来沁人心脾的。古人竟然还觉得不够满意，还要在床上放置一个小香炉，在床帐中熏香，甚至还要在被衾中燃香，以致使衾褥间香氲四弥。为此，唐人专门研制了一种可以置放在被下的小香球，以便夜间寝息时，有香球在被褥间不断偷散暗香。唐人制作的这种香球，近年已发现不止一件，法门寺地宫出土物中就有两件鎏金镂花银香囊，外壳是圆球，镂空花纹。据说它能巧妙地保持着平衡，放在被褥之间，即使发生晃动，钵里的燃炭也不会撒出来，避免发生烫伤肌肤、灼烧被褥的事故。这些贮香之器，从视觉到嗅觉而经感觉达到美的享受，诚如敦煌曲子中所道：一炉香尽，又更添香。

南宋蔡伸《菩萨蛮》说，"枕上玉芙蓉，暖香堆锦红"，延续的是"红袖添香"的意境。熏过的被子，不仅散发着淡淡的香气，还能抵御严寒的侵袭。白居易在《秋雨夜眠》中也说："凉冷三秋夜，安闲一老翁。卧迟灯灭后，睡美雨声中。灰宿温瓶火，香添暖被笼。晓晴寒未起，霜叶满阶红。"在深秋的雨夜，床前有小炉留着温水，用于熏暖被子的熏笼添了新香，舒适又温暖。

《红楼梦》中，数次写到手炉。刘姥姥一进大观园的时候，王熙凤是"手内拿着小铜火箸儿拨手炉内的灰"；第八回中，黛玉更是借着雪雁送手炉来对宝玉和宝钗的关系含沙射影："也亏你倒听她的话。我平日和你说的，全当耳旁风。怎么她说了你就依，比圣旨还快些！"

手炉的起源，相传始于隋朝。隋炀帝南巡江苏江都，时值深秋天寒，江都县官许伍命铜匠制小炉并放进火炭，呈献皇帝取暖。隋炀帝甚悦，名之"手炉"。

清代宫廷画家陈枚组画《月漫清游》中，有一幅"寒夜探梅"。画中屋檐下彩灯高挂，庭院里寒梅著花，在侍女的挑灯引领下，富家女子捧着手炉从另一个院落款款而来……乾隆皇帝看完这幅画，一如既往地忍不住赋诗道："眷信侵寻槛外梅，倚吟秉烛共徘徊。轻寒不进深庭院，女伴携炉得得来。"我们在翻检古画时，常常可以看到仕女们斜倚暖炉赏梅赏雪的倩影。复古的女人，完全可以淘换一只品相不错的手炉，在冬天买上好的香灰和无烟炭团，只要划一根火柴，就能拥有冬日别样的暖香滋味。手炉最好是拿来用的，而不是做案头清供。直接用超市买回的炭块烘烤，确实暴殄天物，要把炭团埋在香灰中，露出针眼大的透气孔，点燃后能燃两个多小时，穿个缎面的居家服，优雅地捧着精致的手炉，很像暖香坞里的惜春吧。

我是从小怕冷的人，不过祖上并非大富大贵之人，那些高雅的熏笼、手炉我都没见过。小时候，一到冬天，家里就会翻出一只铜暖炉，称之为"汤婆子"。我记得当时乡下几乎家家都有这东西，它用黄铜制面，炉盖上雕刻着镂空的"福"字，搁置在木桌上，敦厚朴质，充满古韵，在阳光下泛着古朴的光泽。虽然叫作"汤婆子"，用的时候并不加水，通常都是妈妈帮我从灶膛里扒出新烧的柴灰，里面藏着几根还冒着火星的木炭，装在暖炉里，让我双手捂着，一股暖意就迅速漫遍全身。我抱着它翻看一本又一本的连环画，嘴馋的时候，掀开炉盖，在烫烫的炉灰里丢一把花生，等镂空的花纹里冒出丝丝香味时，急忙打开盖子，用一根铁棒把这种农村特有的零食扒拉出来。晚上睡觉前，"汤婆子"又有新的用途，提前把它塞进被窝，这样床铺尽显温暖，等我上床就顺势把它踢到脚边暖脚。脚暖心就暖，童年的冬天时光都是它伴着我度过的。

其实，"汤婆子"在宋朝就出现在人们的生活中了，它被形象地称为"脚婆"和"锡夫人"。黄庭坚曾为它赋诗一首："小姬暖足卧，或能起心兵。千金买脚婆，夜夜睡天明。"相比花容月貌的姑娘，伴着"汤婆子"入睡更让人安心，这才是冬日里的养身之道，黄庭坚的揶揄，颇耐人寻味。

读了《红楼梦》，我知道宝玉终究对"汤婆子"没好感，在他的心里"汤婆子"有点像大观园的大嗓门、市井气的老妈妈，他和黄庭坚不一样，宝玉一定是要"小姬暖足卧"的。

中秋小记

　　不是每一个月圆之夜都称之为中秋夜，也不是每一个月满之夜都被称为团圆夜。在我们心里，只有咬着月饼，略有惆怅的夜晚，才是寓意深远的中秋节。

　　事物只有在特殊的日子，才能赋予特有的含义。谢庄形容月亮是：美人迈兮音尘阙，隔千里兮共明月；张九龄却说：海上生明月，天涯共此时；苏东坡则觉得：明月几时有，把酒问青天……但愿人长久，千里共婵娟。三种不同的表达，各具其妙，有绮丽、有浑阔、有婉约，不一而同，构成了中国人对月亮的联想，成为咏月时不可缺乏的元素。

　　从前生活在乡间，抬头即见天日。夜晚的月亮，可以从新月一直望到满月。中秋的圆月，也不知道望尽了几回。每年的中秋夜，时常想起那句"举杯邀明月，对影成三人"，觉得中秋就该是清冷的、寂寞的，甚至是有点惆怅的。

　　今夜月明人尽望，不知秋思落谁家。那时年纪小，见识短浅，不知道秋风冷月，也不知道愁思苦雨。小时候，我以为月亮有一大家子，兄弟姐妹十余人，每天轮流出来值班，所以每天的月亮长得都不一样，有圆、有缺，有上弦、有下弦。如今年纪不小了，见识却不见得有多精进，一入秋，总有莫名的愁绪在胸中激荡，却找不到出口。

　　想起某一年的中秋节，我站在校园的一棵枣树下，长久地凝望着中天之月，内心充满了彷徨，不知道当年苏子喝醉了，拍手而歌，"起舞徘徊风露下"，内心有没有如我这般彷徨。在偌大的校园里，哪有一点中秋的气氛，想家的念头突然陡升，从学校借了一辆山地车，我一路狂奔，逃也似的回三十里外的家了。到了家，发现桌上留有几块月饼，好像是为了等候我的归来。于是，我蹬脚踏车的疲倦感顿时消失，左手右手各执一枚，嚼着月饼，享受这争分夺秒的中秋时光。时至今日，我依然记得中学时代那个中秋夜回家的冲动。怪不得曾仕强教授说，中秋因为潮汐的变化，那一夜的月亮是最圆最亮的，太阴就有了太阳的味道，人的情绪就不太安宁，当大家坐下来一块吃月饼，便有了一家和乐。

在农村，在那个物资匮乏的年代，不管有钱没钱，只要是农历八月十五这一天，家家户户必定要准备几块月饼。等我长大后见识了各种面食，才发觉小时候被我奉为圣物可以解馋的月饼，其实就是糖烧饼的一种革新，只是做法和口味更加的质朴和本真。但是它已经被我附加了太多情感和记忆在里面，外面有一层脆脆的面皮，我干脆叫它"面月饼"。月饼前加一个"面"字，就有了乡村独有的味道，它与买回来的月饼有很大的区别。如果说面月饼是素颜版的月饼，那么印有"五仁"字样的月饼就是美颜版的，它们可以比作乡间戏台上的两个角色：一个花旦，一个青衣，足以支撑起一台朴素而不失礼仪的中秋大戏。

在我的印象中，母亲是做面月饼的高手，每到中秋节前夕，灶台前就会飘来炒熟的芝麻香味，再掺上红糖的味道，厨房里弥漫着香甜的气味，再来几位揉面的大妈大婶，这场面就是一幅生动的"中秋制饼图"。半天的工夫，光秃秃的月饼坯子出锅了，母亲将碗口用来压花纹。一只花碗倒扣在月饼坯子上，来回循环交错，线条缭绕，压出来的图形没有规则，却极有意趣。

孩子们重美食也重意趣，当彼此从家里拿着月饼出来开碰头会的时候，都要探过头去看看，对比一下谁家月饼的花纹更好看，仿佛捏在手里的月饼不是填饱肚子的吃物，而是一件精致的艺术品。现在想来，如今那些经过机器加工，呈现各种精美图案的月饼，图的可不是中秋的意境，正如豪华包装里再添上天价茶叶，当真是误入歧途。想想"冠生园"的牌子做得再响再强再大，其精神还是狭隘。若有深厚情怀，出自农家灶台的月饼依然有大境界。

古诗词读多了，心里时常冒出来一些浪漫的想法，就想学文人雅士过一个有仪式感的中秋节：在乡下庭院，于明月之下净土之上，摆上圆桌，置几碟各式月饼，过一个月圆人团圆的佳节。可惜，至今未能实现。青山在，人已老。时间之河，再不能泅渡回去了，只有月亮亘古不变，它像悬挂在天上的灯盏，照耀着我们回家的路，映照着浮世流光，人间悲欢。

何以解惆怅，唯有吃月饼。物非人非的今天，我仍然记得母亲年轻时的一帧旧照，眉眼弯弯，面如满月。

药是人间有情物

从我记事起，奶奶就是村里的医生。她总是背着黑色的、中间镶有"红十字"标识的药箱，春夏秋冬奔走在乡间，为乡亲们"望闻问切"。人们都亲切地称她为"赤脚医生"，我的内心满是疑惑：奶奶明明穿着鞋子啊，怎么叫作"赤脚医生"呢？现在想来，"赤脚"二字，可能就是接地气的意思。

奶奶的职业不仅接地气，那个被她视为"百宝箱"的药箱，也很是接地气，里面装着很多统称为"中药"的东西。奶奶常说："这土生土长的中草药来自山间原野，只要花点功夫识别、采摘、制作，就能帮助乡亲消除疾病。"

我最早识得一种草药，只有七八岁的样子。那时，奶奶经常牵着我的手去田间转悠，看似一次次漫不经心的手牵手，却是奶奶在手把手地教我涉猎中草药，她的良苦用心或许不在于让我继承她的衣钵，济世救人，只是在潜移默化中让我懂得一些中草药的常识，有一天或医己或达人。直到有一天，我看到那句"自疾不能救，而能救诸疾人"的至理名言，才更加懂得了老人家那份诚心救人的情怀。

终于有一回，我见识了奶奶的本事，也见识了中草药的效用。邻居家的孩子在田间玩耍时，被毒虫叮咬，脚背肿得老高，痛得路也走不得。奶奶看了看孩子的脚伤，立马回屋，将几株蒲公英捣烂成泥，然后将草泥敷在孩子的伤处，并用纱布裹好。悉心做完这一切，奶奶又取来几株新鲜的蒲公英幼苗，嘱咐孩子的母亲，将其或煎水、或煮汤、或佐粥，吃上几日。三天后，孩子的母亲眉眼舒展地提着一篮子土鸡蛋上门致谢。

到我懂事时，奶奶已年近七旬，身体已然不允许她经常去野外采摘草药，但是我家屋子的廊檐下，一排排的竹竿上仍会晾着一些等着晒干或阴干的药草。家人吃了鸡、乌贼鱼和羊留下来的鸡胗皮、海螵蛸、羊皮等，奶奶都会当宝贝存起来。后来我才知道，鸡胗皮也叫鸡内金，是指家鸡的砂囊内壁，可以治疗消化不良；海螵蛸磨成粉，则是止血的良方；羊皮更是具有益气补虚、祛痰消肿之功效。

我家房前屋后、前庭后院种了不少树木和花草。每一种花草树木，奶奶都能说出它的药用价值。我日日在她身边耳濡目染，也知道了一些花草的用处。比如，新鲜或干燥的艾草可以用来泡水熏蒸，可以消毒止痒。艾草还用于中药与饮食，尤其常常被用于针灸术的"灸"，并非所有的草木都能作为灸之材。用拔火罐的方法治疗风湿病时，以艾草作为燃料效果更佳。艾火的温热刺激能直达人体深部，且经久不消，使人产生畅快之感。若以普通火热，则只觉表层灼痛，而无温煦散寒的作用。

再比如，蒲公英全身是宝，花朵、根茎，都有实际的食疗之效。其带根的全株，新鲜或干燥均可入馔做药，亦可烹煮茶水，用以去火消炎、通淋解毒。平日里，它还是肝火旺盛之人的良品，吃了瞬间就能让身体感觉过了凉风似的，浑身上下一阵清爽。据说，在欧洲，蒲公英是用来消肿和治疗消化不良的，与花草或咖啡同泡，被用作日常养生与身体保养的主料。

我识字之后，看到奶奶的书架上有很多医药书，这些泛黄的书籍可是她的宝贝。我有时候会趁她不注意，悄悄地翻开看一看，虽然书里的内容我看不太懂，但是，书中花草的模样逐渐印入心间。坐在奶奶的书架旁，我更愿意听她讲神农尝百草的故事：一次，神农在品尝一种攀缘在石缝中的开小黄花的藤状植物时，把花和茎吃到肚子里以后，就感到肚子钻心地痛，好像肠子断裂了一样，痛得他满地打滚。最后，神农被这种草毒死，用他的生命发现了含有剧毒的草——断肠草。李时珍在《本草纲目》中记载，断肠草也叫钩吻，能破积拔毒，祛瘀止痛，杀虫止痒。神农尝百草的故事尽管充满神话色彩，但他"为民请命"的医者精神，在我幼小的心灵里植入了"慈悲有爱"的种子。

我识了几种药草后，在外面玩耍就不再是单纯的嬉戏，看到散落于田野的药草就采摘下来，小心翼翼地装进塑料袋，塞进口袋，带回家交到奶奶手里。她一边夸我有眼力，一边教育我："大自然中不管是动物还是植物，都是天地造化而生，都是有情之物，对人类也是有心有意，我们要懂得珍惜和守护，采时有分寸，用时有恭敬，不可轻视，更不可浪费和糟蹋啊！"

　　现在想来，童年时与奶奶的朝夕相处，对我的一生影响极大。工作之后，对中医依然有着极大的兴趣和感情，陆陆续续购置了一些中医典籍。一本《汤头歌决》成了我的案头书。去年，母亲一场感冒后，引起了哮喘，吃了一些西药，总是不见好。后来，我根据古方"定喘白果与麻黄，款冬半夏白皮桑。苏杏黄岑兼甘草，肺寒膈热喘哮尝"，为母亲配了几副中药汤剂，想不到效果不错。

　　一晃几十年过去了，我的脑海里还时常浮现出奶奶的模样。有时候，也会梦到老家房前屋后的花草树木，一觉醒来，空气里仿佛弥漫着旧时光里熟悉的药草香。

做宣纸一样的人

在黄山脚下的泾县，多少人靠着祖传的造纸秘方，以楮树和稻秸造纸为生。据说，一张宣纸的制成需要一年的时间，历经采料、晒料、踏料、淘洗、发酵、捞纸、烘晒等一百多道烦琐工序，走过秋冬春夏，像是一个人的朝圣之路。

凡稀世不朽的东西，莫不需要历经长久磨炼。

1978年春，李可染到泾县宣纸厂对工人说："我不是来看望大家的，是来向你们谢恩的，我画了几十年的中国画都是用的你们造的宣纸，你们是我的恩人，没有你们就没有李可染，先给大家鞠三个躬。"大师在宣纸面前如此表现。

莫说世人稀罕宣纸、尊崇宣纸，就是贵为天子的李煜，对宣纸也是情有独钟。他爱纸如命，在金陵城建有一所"澄心堂"，希望造出世上最好的纸张。在他看来，最好的纸，要充分体现"天人合一"的大道。《周易·乾·文言》云，大人者，与天地合其德。也就是说，只有充分体现天地人三才和谐的东西，才是好东西。万物皆有灵，造纸也要汲取天地之灵气，体现天地的精神。

天子能调动最好的人、财、物资源。在金陵，匠人们以为，江淮之间的楮树较为粗壮，纤维较硬，适合用山泉之水；且在原料之中，放入一些江南的龙须草，这对于纸张的轻薄和细腻，起到大作用。匠人们还对工艺要求极严：要求"寒夜浸楮"，也就是说，需选择冬日寒夜之时，将楮树浸泡在水中；对于抄造的一些关键步骤，也讲求天时地利，比如"腊月敲冰""敲冰举帘""大蒸笼固焙之""焙干坚滑"。如此讲究，一方面是尊重自然，另一方面，选择极冷的天气，可保证生产出的纸张不被虫蛀。可即使这样，李煜还是无比挑剔，每制成一匹，他都要亲自试纸，反复琢磨。

对于宣纸的优胜劣汰，李煜尚且如此，在泾县宣纸车间的检测员手里，对宣纸的挑选更显苛刻。一匹匹洁白如玉的宣纸在检测员手上呼啦啦地拨来拨去，且毫不留情地撕掉。众人纷纷惋惜，皆不解：这么好的纸，为何要扔掉？她一脸庄严地解释："一点点瑕疵都不行，纸贵于品质。"我与同行的人相视一笑，心头不由地赞叹，这纸真漂亮。其实，漂亮的岂止是纸，还有人心。

将宣纸作坊从泾县移至金陵，就像当年将茅台总部移至北京，大气是大气，却终究没有清静之地产出的那般有灵气，甚至失去了灵魂。茅台回到赤水河，才能称之为地理标识；宣纸回归黄山，方能称之为"一方水土出一张纸"。我对黄山有独特的认识：很多山都是在山外看起来美，进山之后发现不过如此。可是黄山不是这样，黄山是在山外看着美，进山之后，峰峦叠翠，一层更比一层美。初春，云里花开，香漫幽谷；盛夏，层林叠翠，飞瀑鸣泉；金秋，枫叶似火，层林尽染；严冬，银装素裹，玉砌冰雕。黄山的美，春夏秋冬景不同，寒来暑往景不同，风雨雷电景不同，白天黑夜景不同，乃至瞬息之间景不同。这些感受，都无形地渗入到我对宣纸的理解。

泾县人在宣纸工艺上，一直苦苦探索"惚兮恍兮、知白守黑、禅意无限"的特性。于是有人专门请佛家开示，佛家云："好的纸就像白云一样，轻盈而短暂，需成于天然和天意才是。"是啊，天上的云彩，就像棉絮一样，让人感到温暖和洁净，可是，这样的白云怎样才能变成书写的纸呢？有人专门去请教道家，道家云："这事并不难啊，用一只青色净瓶对准天上的白云，口中吟诵经文，那些云彩，自然会飘入你的净瓶。"

我不知道泾县人是否真的像佛家和道家点化的那样去实践。一路行来，处处尽显高远天际、蔚蓝天空，这一片天空不仅碧蓝如玉，还有飘来飞去洁净、透明、丝丝絮絮的白云，它不像棉花垛，更有着丝绸般的润滑，甚至如鱼群一般灵动。大抵是神秘的白云，成全了宣纸。

离开泾县的前一日，我们参观桃花潭的翟氏宗祠时，一位耄耋老人，正现场书写书法作品售卖。毛笔一接触到冰肌玉骨般的纸张，仿佛有神导引，仿佛本能释放，敏感、细致及悠然。于宣纸上，汉字的线条脱离了沉重，不再带有刀凿斧刻的深沉，变得舒展而柔韧，成了真正的活物，像水草一样摇曳多姿。汉字的优美形体，在宣纸上自由地伸展腾挪，笔墨仿佛注入了神秘的因子，插上了想象的翅膀，变成了山川、河流、树木。一切都变得清晰起来，墨水顺着青檀皮的纤维，变成花鸟，变成鱼虫，变成人物……当笔墨描绘大地之时，纸上即是天空；当笔墨凝聚成碧空之时，纸上便是云层；当笔墨演绎成山川之时，纸上又是雾霭；当笔墨转成堤岸之时，纸上一下子汇成河流……

此时，我似乎明白了所谓的"天人合一"，就是道法自然，把人神万物，一体化地平等看待，不需要做过分的拆分，也不能厚此薄彼。

我站在老人身后，仔仔细细地看他写完了一幅字。他写的是：道由白云尽，春与青溪长。时有落花至，远闻流水香。落款是己亥年初冬。尤其是"己亥年初冬"，带着墨迹未干的鲜润，于横撇竖捺间，自有莲花的飘逸和悠然。

我的心头一热，"晴耕雨读"的传统依然流转于皖南的群山之间，这深深根植于中国的古老文明，依然生辉。只要笔墨纸砚在，这文明的香火就会永远赓续。老人的炯炯神采，明显是灵魂荡涤产生的功效。凡与艺术相拥的人，身上自然而然地携着一种超脱宁静的灵性，这应是美的垂青和浸润吧。

清晨，在桃花潭边醒来，白露未晞，拉开布帘，一窗群山莽莽。此情此景，犹如复刻了柳宗元的《渔翁》：

烟销日出不见人，欸乃一声山水绿。

回看天际下中流，岩上无心云相逐。

这世间的一切，都醒过来了……打鱼人撑着小划子，于雾气蒸腾的潭边收网，小野鸭忙着戏水……整个图景，好比范宽的《溪水行旅图》。然而，他的画轴，历经时间的淘洗，渐趋泛色，遍布岁月的旧情，而桃花潭这幅画卷永远是簇新的，始终有人世的一份鲜活在，凑近些，似乎能闻着桃花怡人的芬芳和宣纸谦敬的清香。

短短三日，置身于空旷辽远的暮霭晨岚，听闻柔如天籁的水声江流，看尽山野绚烂的红蓼黄菊……这就是我深情的皖南啊！

回程的车上，静静地想，作为一个立志从文之人，当中年已至，倘若仅仅拥有笔的力度、墨的浓度，是远远不够的，我的心还一定要有不失白云的澄澈，一如宣纸无瑕无垢，方算立起来。

后　记

人须有一种爱好，当然，这爱好须是有益的，养花、种草、读书、写作……于我来说，写作和读书占据了我大半的时间。这些年来，我还有两个心得：对自己的爱好要没有任何的功利动机；在它们身上得花大量的心力和时间。这两点我基本做到了。我不负文字，文字也未负我。今天，我整理完这本书，心中再次浮起这句话。

谋事在人，成事在天。以我的偏见，"天"，指的是机会，也指的是时间。对待写作，我的内心像感光片一样敏感，学会在时间里安静等待，也学会在黑暗中无声酝酿。

很多人认为散文集就是散文作品的集子，这话有一定的道理，它有聚沙成塔的寓意。但是，在我看来，还有一层含义，"集"字充满专注的意味，让我明白：一个人要专注于一件事情。

"山前一片闲田地，叉手叮咛问祖翁。几度卖来还自买，为怜松竹引清风。"我还盯着一个"闲"字，闲田地，之所以卖出又买回，这份舍不得，是因为它有"不染着"的天真与纯良。所以，"不染着"的闲，对我而言，比普通忙碌需要更大的人生投入。

这个世界的"巧"，多是靠"笨"来获得的。有的人才华横溢，一望即知；有的人才华内秀，根茎深藏，难以判定。有人一出手，你就知道他是天才；有的天才连他自己都不知道，他是在持续的挖掘中开采出自己的宝藏的。我呢，既不是天才，也没有才华，所以，每一天，尽最大可能去写，不给自己省力气；一旦省了力气，就无法碰触到自己的边界。

人总是想方设法实现自己的价值。人生可由两种途径实现自身的价值，一种是向外的追求，不仅自己要飞起来，还能教会别人飞起来；另一种是向内的追求，自知无力带动别人飞起来，只好保持自己的飞行高度。对于我来说，属于后者。人啊，应该像鹰一样，往高处飞；像马一样，挖掘自身的潜力；像蜻蜓一样，实现华丽的转变。

纸上爬格，一分劳苦，一分收获，已属不错的年成。我寄希望于别人——跟我心性相近的人，乐我之所乐，悟我之所悟。

明天，我将听静夜之钟声，唤醒梦中之梦；观澄潭之月影，窥见身外之身。再寄希望于我的文字，让更多的人蜕下重重叠叠的世故，给世间一片晶晶莹莹的真纯。

在此，衷心感谢江苏大学出版社吴春娥编辑的仁心慧眼，感谢写作和出版进程中所有的幸运和美好相遇！